MUNDO GUARANI

Raquel Naveira

MUNDO GUARANI

Fragmentos de uma alma da fronteira

MUNDO GUARANI
Fragmentos de uma alma da fronteira

AUTORA: Raquel Naveira

DIRETOR DA ALMEDINA BRASIL: Rodrigo Mentz
EDITOR: Deonísio da Silva
ASSISTENTES EDITORIAIS: Alessandra Costa e Mary Ellen Camarinho Terroni
ASSISTENTES DE PRODUÇÃO: Larissa Nogueira e Letícia Gabriella Batista
ESTAGIÁRIA DE PRODUÇÃO: Laura Roberti

REVISÃO: Daboit Textos
CONCEPÇÃO GRÁFICA: Eduardo Faria/Officio

SUPERVISÃO GERAL: Deonísio da Silva e Marco Pace

ISBN: 9788563920362

Junho, 2023

Dados Internacionais de Catalogação na Publicação (CIP)
(Câmara Brasileira do Livro, SP, Brasil)

Naveira, Raquel
Mundo guarani : fragmentos de uma alma da fronteira / Raquel Naveira. -- São Paulo : Minotauro,2023.

ISBN 978-85-63920-36-2

1. Romance brasileiro I. Título.

23-153008 CDD-B869.3

Índices para catálogo sistemático:

1. Romances : Literatura brasileira B869.3
Eliane de Freitas Leite - Bibliotecária - CRB 8/8415

Este livro segue as regras do novo Acordo Ortográfico da Língua Portuguesa (1990).

EDITORA: Almedina Brasil
Rua José Maria Lisboa, 860, Conj.131 e 132, Jardim Paulista
01423-001 São Paulo | Brasil
www.almedina.com.br

O guarani é a língua sagrada do tronco tupi, falada no grande vale em que se cruzam as águas do Paraná e as do Paraguai, onde araras azuis voam sobre camalotes. Ainda hoje no Paraguai é a língua do povo e dos descendentes daqueles índios que bebiam mel silvestre e se tatuavam de preto e anil.

Vêm-me antigas lembranças de menina, em Bela Vista, cidade do Mato Grosso do Sul, fronteira com o Paraguai, à beira do rio Apa, verde como uma folha. Reunidas na cozinha da casa de minha tia Anita, as mulheres dos peões, Ramona, Conceição, Guadalupe, Vicenta, amassavam chipa, enrolavam a massa de polvilho em forma de rosca, enquanto conversavam num idioma estranho, rude, nasalado: o guarani.

Aos poucos, eu ia descobrindo os significados de alguns vocábulos. O guarani é todo formado de palavras compostas. *Porã,* por exemplo, significa "bonito". *Cunhataí porã,* "moça bonita"; *Ponta Porã,* nome de uma outra cidade de fronteira seca, "ponta bonita". Aliás, são muitas as localidades da região com nomes guaranis: *Camapuã,* quer dizer "túmidos seios", porque o povoado acotovelou-se entre dois morros; *Caarapó,* "raiz de erva"; *Nhu Verá,* "campo brilhante"; *Tacuru*, "cone de terra", por causa dos enormes formigueiros. No cemitério, *Nhandepá*, eu observava os panos de linho branco enrolados nas cruzes de madeira tosca: era o *curusu-paño*, pano de cruz, lembrando o sudário com que Verônica enxugara o rosto do Cristo a caminho do calvário.

As mulheres trabalhavam cantando polcas e guarânias, que falavam de presentes, de lagos, de amor à terra, de romances proibidos, folheando às vezes a revista *Ocara Poty Cuê Mi*, com o cancioneiro paraguaio, editada em Assunção.

Por algum motivo desconhecido, minha avó não permitia que eu me expressasse em guarani. Repreendia minhas tentativas de pronunciar algumas palavras que iam brotando na fala: *jassi* (lua), *ara bacu* (verão) ou *cambuchi* (pote). Os vocábulos caíam como chuva encantada no meu coração de menina.

A prosa alegre misturava as línguas, numa mescla de sons, de sílabas, de ritmos, de raças. Eu pressentia que a linguagem humana era um mistério e desejava muito descobri-lo.

No meu romanceiro *Guerra entre Irmãos*: poemas inspirados na Guerra do Paraguai, escrevi um poema intitulado "Comunicação", comentando que a comunicação na guerra é feita de gritos, brados, ordens imperativas, delações, intrigas, sussurros. Mensagens vêm em bilhetes, cartas seladas, asas de beija-flores, cascas de árvores, folhas de fumo e chegam aos ouvidos que viram conchas e abas de gramofone. Nessa guerra em especial, as línguas se fundiram, amalgamaram-se como saliva no pântano das bocas:

a língua portuguesa, galega e galaica, com aroma de carvalho e vinho; a língua espanhola, andaluza e castelhana, de termos árabes, trazida nas caravelas de Colombo e perpetuada nos sonhos de Dom Quixote e a língua guarani, de acento tupi, espalhada pelo Paraguai e por Corrientes, pelas cabanas de pau-a-pique. O certo é que na guerra não há comunicação, somente morte e carnificina.

Se tivesse que escolher uma única palavra em guarani, eu escolheria "*Panambi*". PANAMBI significa "borboleta".

O casulo guarda um terno segredo: o da vida que se transforma. Um dia, sob o sol de primavera, ele explode no êxtase de uma borboleta. São graciosas e ligeiras as borboletas. Um prodígio as suas asas, misto de flor e fímbrias. Os seus corpos, misto de lava e líquidos.

Na fazenda, quando íamos tomar banho no córrego, nos monturos de lama pisoteados pelos cascos dos cavalos, pousavam enxames de borboletas: o panapaná. Panapaná é o coletivo de borboleta. Uma nuvem interminável delas, geralmente amarelas, flamejantes. Sorvem os sais da lama do brejo, num desassossego próprio de seres que não se cansam. Formam uma onda, um caudal de pétalas, de espíritos viajantes. Esvoaçam como almas saídas de estranhas moradas.

Em Campo Grande, minha cidade ao sul de Mato Grosso, no Museu do Índio, há uma das maiores coleções de borboletas do mundo. Todas classificadas por seus nomes científicos, embalsamadas, asfixiadas nos armários, espetadas por invisíveis alfinetes. Das mais variadas cores, tamanhos e formatos: alaranjadas, púrpuras, azuis, grandes e pequenas, estateladas nos túmulos de vidro. Quando criança, eu ficava fascinada e desejava pegá-las entre os dedos e soprar-lhes um novo ar, um novo frêmito de vida. Imaginava vê-las voando pelas salas sombrias do museu até alcançarem o céu da liberdade.

Ouvia as pessoas se comunicarem em guarani. Ramona, paraguaia de longos cabelos pretos, presos na nuca, explicou-me:

Panambi significa 'borboleta'. Panambi moroty: borboleta branca; panambi ura: borboleta da noite; panambi verá: borboleta brilhante. Pegava um disquinho compacto e colocava na vitrola. Era a guarânia "Panambi Verá":

Panambi che raperãme
reserva rejeroky
nde pepo Kuarahy
ã me tamora e añeñoty.

Ramona vibrava, o corpo embalado pelos som das harpas.

Tudo é harmônico nessa música. É uma canção perfeita, belíssima, entende?

E o que quer dizer a letra? Ela traduzia:

Que a borboleta brilhante, de asas douradas, doce e terna, convida a alma ao sossego. Que o seu nome é como mel silvestre na garganta. Que a mariposa passa pelo nosso caminho, bailando e, ao persegui-la, entramos num bosque cheio de espinhos. A alma se alegra em segui-la, mas as mãos as sangram.

Eu então fechava os olhos e repetia entre lágrimas: *Panambi moroty, panambi ura, panambi verá.*

Bor-bo-le-ta. Uma palavra que parece ter asas. Como diria Aurélio Buarque de Holanda Ferreira, um colecionador de palavras, "definir uma palavra é capturar uma borboleta no ar."

E, por falar em Aurélio, amo os dicionários, essa compilação de palavras e locuções organizadas em ordem alfabética, fornecendo definições, sinônimos, revelando a pronúncia e a ortografia corretas. Quanta riqueza nesse livro espesso, pesado, silencioso e ruminante como um camelo no deserto. Pablo Neruda escreveu o surpreendente poema "Ode ao Dicionário" em que ele, como mago das palavras, se rende ao valor desse livro "que não é tumba, túmulo ou mausoléu", mas é "preservação, fogo escondido, plantação de rubis, perpetuação viva da essência", "celeiro do idioma".

Aurélio: incrível o nome de um homem com vocação de escriba como o professor Aurélio Buarque de Holanda Ferreira tornar-se sinônimo de dicionário. Quão grandes devem ter sido sua coragem, suas vigílias, as opressões sobre seu espírito, para nos oferecer esse tijolo recoberto por um jaquetão de couro preto com seu nome gravado em letras douradas. Uma mina de pedras preciosas a ser escavada.

Ouvi do poeta Manoel de Barros, certa vez, que muitas de suas invenções com as palavras surgiram da leitura e pesquisa em seus dicionários. Era com esse auxílio que ele criava o seu "idioleto manoelês arcaico". Em O *Guardador de Águas* ele afirma que "crescem jacintos sobre palavras"; que seu personagem poético, Bernardo da Mata, conversa com Rã como quem conversa em Aramaico. Em nota explica que "o Dialeto-Rã"falado por pessoas remanescentes do Mar de Xaraiés, na sua escrita, se assemelha ao Aramaico, idioma falado pelos povos que antigamente habitavam a região pantanosa entre o Tigre e o Eufrates. Sabe-se que o Aramaico e o Dialeto-Rã são línguas escorregadias e carregadas de consoantes líquidas." Em *Arranjos para Assobio*, Manoel cria um "Glossário de Transnominações em que não se explicam algumas delas (nenhumas) ou menos" e vai elencando e enunciando palavras: "*Cisco, s. m.*/ Pessoa esbarrada em raiz de parede..."; "*Poesia, s. f.*/ ... Produto de uma pessoa inclinada a antro"; "*Lesma, s. f* / Semente molhada de caracol que se arrasta sobre as/ pedras deixando um caminho de gosma/escrito com o corpo." Registro esta outra frase louca: "Poeta é um ente que lambe as palavras e depois se alucina."

Outro escritor alucinado por palavras, idiomas e semântica foi Guimarães Rosa, o diplomata, aquele que anotava tudo em cadernetas: nomes de pessoas, de pássaros, de bichos, de fazendas, de rios, de montanhas, de vales, quadrinhas populares, casos, histórias, folclores, rezas, para depois transformar esse material em linguagem da mais alta qualidade.

Quando em 1952, em pleno trabalho de gestação de *Grande Sertão*: Veredas, Rosa visitou Mato Grosso para observar a natureza e o comportamento dos boiadeiros, Manoel de

Barros foi seu guia pantaneiro. Que embate formidável de mentes poderosas, dois colhedores de palavras-frutos. Manoel falou sobre isso em entrevista para a revista *Bric-à-Brac*: "... vi poucas notas da viagem de Rosa ao Pantanal. Quis saber, ele, ainda, de meus receios sobre as confusões com o exótico. Falei, falei demais, espichei. Dei a entender que estava olhando o Pantanal só como uma coisa exótica. Um superficial para só ver e bater chapa. Mesmo os que cantavam em prosa e verso ficavam enumerando bichos, carandás, aves, jacarés, seriemas; e que essa enumeração não transmite a essência do pantanal, porém só sua aparência... Precisamos de um escritor como você, Rosa, para frear com sua estética, com sua linguagem calibrada, os excessos de natural. Temos que enlouquecer o verbo, adoecê-lo de nós, a ponto que esse verbo possa transfigurar a natureza."

Desse encontro, segundo artigo de Paulo Ribeiro, surgiu um livro raríssimo de Rosa intitulado *Um certo vaqueiro Mariano*, em que Manoel de Barros transformou-se num personagem. Rosa escreveu na abertura: "Em julho, na Nhecolândia, Pantanal do Mato Grosso, encontrei um vaqueiro que reunia em si, em qualidade e cor, quase tudo o que a literatura empresta esparso aos vaqueiros principais. Típico e não um herói, nenhum. Era tão de carne e osso, que nele não poderia empessoar-se o cediço e fácil da pequena lenda. Apenas um profissional esportista: um técnico, amoroso de sua oficina. Mas denso, presente, almado, bom condutor de sentimentos, crepitante de calor humano, governador de si mesmo; e inteligente. Essa pessoa, este homem, é o vaqueiro José Mariano da Silva, meu amigo."

No livro *Ave, Palavra*, de Guimarães Rosa, destacam-se dois capítulos que falam sobre essa expedição a Mato Grosso: em "Sanga Puytã" ele descreve sua viagem a partir de Aquidauana, sul avante, rodando as etapas por onde passou a Retirada da Laguna. Cita as macaubeiras amarelas tostadas pela geada, o verde veloz dos cerrados, a serra de Amambai refletida no poente, as casas velhas e espaçadas de Nioaque. Chega a Campo Grande, onde "aportam risos do Paraguai em pares de olhos escuros", no ritmo das polcas e das guarânias. E lá estão também a serra de Maracaju; o rio Machorra, com sua mata em galeria; os cinamomos às portas de Bela Vista; o Apa, cor de folha e a cidade fronteiriça de Pedro Juan Caballero, num "relento de eremitério e guerra". E, finalmente, Rosa lança um derradeiro olhar para o vilarejo de Sanga Puytã, "à borda de um campo com cupins e queimadas". Confessa o escritor amante das palavras: "Apenas a gente pensa que a viagem foi toda para recolher esse nome encarnado, molhado, coisa de nem vista flor".

No capítulo "Uns índios (sua fala)", Rosa refere-se aos terenos, povo meridional dos Aruaques, que ele observou em Campo Grande. Foi uma surpresa para um filólogo como ele escutá-los coloquiar entre si no seu ríspido idioma. Uma língua não guarani, não nasal, mas firme e contida. Respeitou os falantes daquela língua, como se eles representassem uma cultura antiquíssima. Anotou algumas palavras: frio: *kás-as-ti*; onça: *sí-i-ní*; peixe: *khró-é*. "Toda as línguas são rastros de velhos mistérios", concluiu ele.

Reputo como um tesouro o Dicionário Português-Guarani, de Tertuliano Amarilha, que ganhei de meu tio Cazuza, quando o visitamos em Cuiabá. Pinço algumas palavras: *nhu-verá*: campo brilhante; *jeroky*: baile; *panambi*: borboleta; *porã*: belo; *moroti*: branco; *ygá*: canoa; *pira*: peixe; *hovy*: azul; *avati*: milho. Súbito, uma borboleta branca pousa como um pétala de neve na estante. Exclamo: "Panambi moroti! Porã!", enquanto fecho o dicionário.

Ramona é um nome comum na fronteira, nome de mulher paraguaia, que prende as tranças com grampos no alto da cabeça, usa vestido de chita, amassa chipa, prepara chás com ervas e cipós do mato. É nome de mulher pobre, honrada, dessas que vão nas carretas, que ficam em ranchos, taperas, tendas sob as árvores. Os homens a conhecem, ela conhece os homens e não tem ilusão, os olhos cheios de estrada de chão. Há Ramonas jovens, bonitas e outras já murchas como sementes de mamonas e jaracatiá, mas toda Ramona é forte , faceira e espalha seus ramos por estes rincões.

Foi ela quem me ensinou outras palavras em guarani, **nomes de localidades como** Camapuã-túmidos seios; Caarapó-raiz de erva; Nhu-verá-campo brilhante; Itaporã-pedra bonita; Ponta Porã-ponta bonita; Nioaque-clavícula quebrada; Tacuru-cone de terra; Sanga Puitã-vala vermelha.

Camapuã... Camapuã não é um indiozinho, um potrinho ou a primeira estrela da manhã. É uma cidadezinha encolhida como um passarinho no ninho formado entre dois seios, dois montes cujos bicos são beijados pelas nuvens.

Sanga Puitã... este nome lembra sangue, pitanga, cravo vermelho que se mastiga como polpa de fruta. Lembra a paraguaia exuberante na sua pele morena, nos seus voos de renda, garrafas verdes equilibradas na cabeça, sobre seu sorriso doce. Lembra guarânias quentes que falam sobre presentes de amor, lagos claros, índias de cabelos negros, trilha por onde passaram os combatentes da Guerra do Paraguai. Sanga Puitã... significará algo como abelha? Bordado nhanduti? É "vala vermelha", explica Ramona, desfazendo o mistério.

Cerro-corá é o conjunto de montanhas formando um círculo, lugar histórico, margem do rio Aquibadã. Um cerro que aperta a montanha no cinturão das árvores, que comprime a lagoa onde o gado vem saciar a sede, que esgana o touro no laço da morte, que boleia o coração do vaqueiro nas cordas da dor. Em Cerro-corá os olhos ficam secos, mas claros de céu. Foi nesse lugar formado pela erosão na borda do chapadão, uma espécie de anfiteatro natural como uma arena, que aconteceu o espetáculo cruel da caçada e morte do ditador paraguaio Solano López (1827-1870). Contam que chegaram as tropas do General Câmara. Solano vestia uma camisa alva de cambraia e calças militares. Galopou em direção à mata fechada. Perseguiu-o o cabo Chico Diabo, um mulato esguio e veloz, com uma lança perfurou o ventre de López. Outro soldado acertou-lhe a testa com um sabre. Cambaleando, cego, resistindo sempre, o ditador de constância indomável tentou atravessar o riacho. Brandindo frouxamente a espada, pronunciou a célebre frase: "Morro com minha Pátria." Verdade cruel. Cheia de ódio a soldadesca cai sobre o corpo, bando de corvos. Arrancam a orelha, o dedo, o couro cabeludo, os dentes de Solano.

De uma carruagem próxima, Madame Lynch, a companheira de López, assistia à luta. O filho deles, Pancho, de dezesseis anos, não se rendeu. Foi um verdadeiro homem defendendo a mãe. Com os olhos cheios de orgulho e lágrimas, recebeu um golpe no coração. A ruiva Madame Lynch, irlandesa acostumada a séculos de humilhações, cavou com as próprias mãos a sepultura para o filho e o companheiro. Completou-se a tragédia americana de Cerro Corá. Foi o fim da Guerra do Paraguai.

Curusu-paño é uma espécie de toalha com a qual Verônica limpou o rosto do Senhor. Sudário sagrado. Pano que se coloca até hoje em volta das cruzes toscas, de galhos entrelaçados, nas cruzes cravadas no sertão. Por que os vivos têm esse cuidado com os mortos? Esperam que eles enxuguem eternamente o suor e as lágrimas dos rostos? Que ensopem lenços de desgosto? De que servem aos fantasmas os pedaços das velas de um navio? Haverá um cortejo de almas arrastando essas mortalhas? Será sinal de respeito como véu sobre a cabeça? Sinal de padecimento e dor infinita da perda? O fato é que por essas bandas da fronteira, há cruzes envoltas com o curusu-paño, onde pousam urubus vestidos sobriamente em suas casacas de luto.

Ramona ficaria orgulhosa se soubesse que fui me interessando mais e mais sobre os guaranis. Que me tornei professora e realizei experiências em sala de aula a partir de meus estudos sobre o idioma guarani. A palavra *Guarani* designa o membro da família dos guaranis, população indígena da América do Sul, que faz parte do grupo mais vasto dos tupis-guaranis e o idioma dos guaranis. Os guaranis são de origem antilhana, ocuparam todo o Brasil do sul do Amazonas, penetrando também no Paraguai, na Bolívia , na Argentina e no Uruguai. Há divergências sobre a marcha seguida por este povo. Alguns afirmam que penetraram o Brasil através do curso do rio Paraguai. Lembramos que inicialmente o rio era chamado "Paiaguai", pela definição guarani, por ser navegado pelos hábeis canoeiros Paiaguás, ribeirinhos que controlavam o rio Paraguai. Na época da expedição de Pêro Lopes de Sousa ao Brasil ao estuário do Prata, ocupavam a região litorânea entre Cananeia e a lagoa dos Patos, estendendo-se para o oeste até ao vale Paraguai-Paraná. Da antiga população guarani subsistem uns poucos grupos nos Estados de São Paulo, Rio Grande do Sul, Paraná, Santa Catarina, Rio de Janeiro, Espírito Santo, mas constituem a grande maioria da população do Paraguai e do Território das Missões. Os guaranis desempenharam papel importante na história da colonização europeia do Brasil, Paraguai, Argentina e Uruguai.

A aldeia dos guaranis era constituída de uma a quatro grandes cabanas retangulares, malocas sólidas, cobertas de palha, podendo abrigar uma família constituída de cerca de cem pessoas. As cabanas eram dispostas de forma irregular. O povoado era cercado por altas paliçadas destinadas a protegê-los de algum ataque. Suas armas eram arcos, flechas, tacapes. Cultivavam algodão, mandioca, batata, feijão, ananás, fumo. Fabricavam utensílios de barro.

Preparavam bebidas fermentadas com mel silvestre e sucos vegetais. Fumavam folhas de tabaco enroladas como cigarro e em cachimbos. Usavam a erva-mate com fins religiosos. Acreditavam num ente supremo, nos espíritos da floresta. O canibalismo tinha caráter mágico. Os guerreiros e os feiticeiros usavam adornos de penas, braceletes, diademas, cintos, mantos. As tribos desfrutavam de independência, mas elegiam chefes que iam representá-los nas assembleias confederativas de guerreiros.

Quanto ao idioma guarani, pertence ao grupo linguístico do tupi-guarani. É o dialeto meridional "aba ñ eeme", que se confinou ao Paraguai e à província argentina de Corrientes. O guarani moderno conserva muitas formas essenciais de antigas línguas, mas sofreu a influência espanhola.

Os paraguaios constituem um povo com formação étnica homogênea, descendendo de índios guaranis e colonizadores espanhóis, que se cruzaram. Subsistem índios em pequeno número, principalmente algumas tribos do Chaco, mas a cultura guarani reflete-se nas mais diversas formas de vida paraguaia. A maior parte dos habitantes é bilíngue, falam guarani e espanhol.

É preciso defender a vida, melhorar as condições dos indígenas guaranis e a preservar sua rica cultura, nas aldeias e cidades do Estado de Mato Groso do Sul, notadamente na região da Grande Dourados. Na área da Educação Indígena, a principal preocupação é a construção de uma escola diferenciada, que responda às expectativas dos Kaiowá/Guarani. A criança indígena deve ser alfabetizada em sua língua materna, o guarani e, só depois, na sua segunda língua, o português, que lhe permitirá conhecer e sobreviver na sociedade envolvente. É necessário valorizar o guarani, instrumentalizar professores indígenas para essa tarefa.

Há necessidade da sociedade envolvente, que convive com o índio no seu cotidiano, nas ruas, nas feiras, nos mercados, na periferia, nas fronteiras, conhecer a civilização, a história, a cultura e a língua guaranis. Só se ama e se respeita o que se conhece. Formar uma identidade voltada para a América Latina. Temos muitas afinidades. Temos alguma alegria e muitas amarguras a compartilhar. Tudo deveria nos irmanar.

Levanto uma questão de Estética. Estética é a ciência do Belo. Conhecemos, respeitamos, amamos uma determinada cultura por percebermos o seu valor intrínseco, profundo e humano. Toda língua é manifestação de Beleza única e insubstituível. Todo o idioma reveste de forma singular o pensamento e a sensibilidade de um povo. Quando se valoriza e respeita a diversidade caminhamos para uma unidade fraterna e conciliadora. A proposta concreta é que os educadores de Mato Grosso do Sul, professores de português, história, geografia, expressões artísticas, trabalhem a temática guarani com seus alunos, em atividades interessantes, lúdicas, poéticas. Criem glossários de palavras guaranis (frutas, animais, lendas, objetos...); lista de topônimos, ou seja, nomes de rios, cidades, fazendas e outros acidentes geográficos da região sul-mato-grossense; fotografias e vídeos de arte indígena; estudo da música guarani e do cancioneiro paraguaio.

Relato uma experiência didática. Utilizando o dicionário *Português-guarani*, de autoria de Tertuliano Amarilha, foram selecionados vocábulos e/ou expressões guaranis com seus respectivos significados em português: água - y ; poça d'água - y no'ó; aurora - arco co'ê; abelha - cava; algodão - mandy yu; alguém - peteí; aluno - temimbo'é; amarelo - sa'y yu; amor - mborayjhú; antepassado - tamói; andorinha - mby yu'é; árvore - yvyrá; aroma - tyacuã; asa - pepó; azeitona - tarumã-á; anoitecer - pyteimby; baile - yeroky; banana - pacová; bambu - tacuapí; beira de rio - y rembe'y; barro - tuyu; belo - porã; boca - yuru; borboleta - panambi; bolo de polvilho - kyrupé; beija-flor - mainumby; bezerro - vacá'ra'ý; branco - moroti; brilho - verá; brisa - yvytu pô i; bruxa - cuña payé; cabeça - acã; cabelo - tagué; cachoeira - y tororó; cama - tupá; campo - ñu; cana-de-açúcar - taquare'ê; canoa - ygá; caranaúba - caranda'y; casa - oga; cavalo - rendá; sol - cuarajhy; sabiá - jhavia; estrela - mby yá; sangue - tugy; sapo - cururu; cesto de vime - ayacá; céu - tupasy retã; cobra - mboi; colina - yvy ty mi; cuia - ca'y guá; cacique - avá runichá; lua - jacy; sorte, boa estrela - po'á; fogo - tatá; flor - poty; mãe - sy.

Escreveram-se em papeizinhos frases como: *Oga* em guarani significa "casa"; *Panambi* em guarani significa "borboleta"; *Tatá* em guarani significa "fogo". A seguir, as pessoas sortearam um papelzinho e produziram um texto a partir da palavra sugerida. Expliquei que deveriam escrever algo relacionado ao significado da palavra em guarani: um comentário, um sentimento despertado, uma lembrança, uma recordação, um vestígio. Se pudessem colocar no texto elementos de ambientação indígena, melhor. O que valia era deixar fluir a emoção, beber da fonte da criatividade e do prazer de sonhar. Poderiam também desenhar, ilustrar suas ideias, outra forma lúdica de expressão.

Surgiram textos assim:

***Oga* em guarani significa "casa".**

Como para todos nós que vivemos na cidade, a casa para os índios é um porto seguro, um sinal de vitória. Não há ser humano que não fique feliz ao possuir seu próprio teto. É em nossas casas que nos reunimos com a família e passamos os melhores momentos de nossas vidas. Os índios moram em ocas que são feitas de madeira e palha e são nelas também que se reúnem para decidirem os rumos da tribo.

***Ñu* em guarani significa "campo".**

Os campos da fazenda Vista Alegre, onde estão minhas raízes, são tão vastos e planos, que ao longe se unem com o céu. Campos floridos, ora verdes, ora acizentados, conforme a estação do ano.

***Tuyu* em guarani significa "barro"**

O barro, matéria-prima para tantas coisas importantes: telha, tijolo, utensílios, potes, cerâmicas. Tudo tirado do barro.

***y rembe'y* em guarani significa "beira de rio".**

Y rembe'y... beira de rio, lugar convidativo para uma boa pesca, para meditar e curtir as belezas da natureza.

***Tatá* em guarani significa "fogo".**

O fogo nos faz lembrar várias comemorações; o dia de São João é comemorado com a fogueira.
Em muitos acontecimentos festivos são usados fogos de artifício, sendo cada um mais belo que o outro.
Também os índios gostam muito de usar o fogo, eles dançam em volta do mesmo para festejarem suas vitórias e suas crenças.

***Pacová* em guarani significa "banana".**

Lembrei quando era criança, em minha cidade, Poconé, tinha uma índia que diariamente batia à nossa porta com um balaio de bananas na cabeça para vender.
O nome dela era Maricota. Que saudades!

***Po ' á* em guarani significa "sorte", "boa estrela".**

Faz-me lembrar do romance Iracema, de José de Alencar, onde figura a pessoa do Araquém que previa a triste sorte da sua tribo. Araquém era o conselheiro do seu povo.

***Kyrupé* em guarani significa "bolo de polvilho".**

O significado de Kyrupé em guarani é bolo de polvilho, ele é feito de mandioca, que, depois de ralada a sua raiz, é extraído o polvilho, um processo muito trabalhoso.
Em seguida é usado para fazer bolos, chipas, tapioca etc. Em Mato Grosso a mandioca, "aipim", os bolos de polvilho são tradições culinárias.

Todas as produções ficaram líricas, poéticas, simbólicas. Fizemos um mural colando as produções misturadas a ilustrações sobre índios e natureza.

Levamos música para a sala de aula: polcas e guarânias. Músicas para ouvir simplesmente, dançar, coreografar, dramatizar, ler, traduzir, analisar, interpretar. Letras em espanhol ou em guarani falando da pátria, da amada, da natureza, da terra, da água, da América Latina. Sugerimos o CD "La Carreta" de nossa saudosa cantora, Jandira, da dupla Jandira e Benites. Jandira cantou com sua voz potente e seu talento dramático canções inesquecíveis como *Vila Guilhermina, Passionaria, Che pyharé Mombyri, Galopera, Panambi Jerovy* e tantas outras do cancioneiro paraguaio que tocam profundamente a nossa alma de fronteira.

Este trabalho pode ser desenvolvido com alunos de todas as faixas etárias e níveis de escolaridade. Um trabalho que despertará para a beleza da cultura guarani; para o autoconhecimento a partir do estudo de nossas raízes, da etnia de nosso povo; para o respeito e valorização de nossa identidade latino-americana e ameríndia.

Presto aqui minha homenagem à cantora Jandira , da dupla Jandira & Benitez. Quando a conheci, era já mulher madura, que impressionava com seu perfume de pétala machucada, seus seios volumosos, que guardavam um coração azul, um vozeirão potente, que a envolvia numa aura sensual e triste. Quando cantava polca era toda alegria, exaltação, índia guarani, paraguaia exuberante com lábios de cravo. Quando cantava guarânias, cantava chorando, lânguida, cheia de melancolia e saudade: a Pátria, a mulher amada, a terra encantada, a água santa. Quando cantava ao som de guitarras, harpas, violinos, acordeons, era um exército em batalha, uma *galopera*, um pássaro de asas gigantes, o sol das Américas. Jandira, canta companheira, ainda ouço sua voz, Rosa da Fronteira.

Ao ouvirmos na voz potente de Jandira uma polca paraguaia, uma guarânia ou um chamamé, gêneros musicais da identidade cultural de fronteira, sentíamos o sangue ferver, as lembranças de infância brotarem, um tremor nas raízes mais fundas e ancestrais de nossa alma guarani. Ser guarani é ter alegria até no luto. É amar o som das sanfonas, dos violões, dos bandolins e das harpas.

"Mercedita" era uma das músicas prediletas de Jandira. Um chamamé do folclore argentino que atravessou países. De autoria de Ramón Sixto Ríos, composto na década de quarenta, conta a história de um amor não correspondido. Ramón chegou na cidade de Humboldt, província de Santa Fé, para atuar em um grupo de teatro. Lá conheceu a ruiva camponesa Mercedes Strickler Khalov, a qu em todos chamavam Mercedita. Ela vivia perto de um laticínio, era filha de imigrantes alemães, perdeu o pai e assumiu uma pousada com a mãe e a irmã. Ramón a convidou para dançarem um tango no baile do clube. Ela estava vestida de branco, os longos cabelos encaracolados. Ele, de calças de couro de leopardo, botas, chapéu e pala. Assim começou o namoro. Quando ele partiu para Buenos Aires, trocaram cartas apaixonadas. Mais tarde, Ríos retornou para pedi-la em casamento. O anel de safira brilhando no estojo de veludo, mas ela recusou. Separaram-se no terminal do ônibus da estação Esperança. Da dor nasceu a música "Mercedita". O poeta relembra o encanto da amada, o seu aroma de flor, a sua graça entre os trigais. Lamenta que tudo tivesse sido ilusão, amor irrealizado, louco, cheio de sofrimento, que murchou como a erva do campo. Haverá tema mais triste e poético do que esse: a perda da mulher desejada e jovem? A distância entre os amantes? A impossibilidade de consumar esse sentimento? O peso da expressão "nunca mais"?

Ramón casou-se com outra, ficou viúvo dois anos depois. Procurou Mercedita. Ela permaneceu irredutível. Prezava a liberdade, a independência. Ele faleceu aos 82 anos, deixando-lhe os direitos da célebre canção. Ela morreu solteira, aos 84 anos. Declarou em entrevista a uma revista portenha que vivia com a sensação de remorso, com a impressão de que Deus punira o seu coração duro, o seu comportamento de rechaçar aquele que tanto a amara.

Mercedes... que belo nome de musa! Vem de "mercê": preço, recompensa, favor, graça, perdão, bondade. Um barco à mercê dos ventos. Impulso de dar graças e louvores, sejam quais forem as circunstâncias. "Vossa Mercê" era o antigo tratamento dado a uma pessoa de cerimônia que virou "vossemecê", "vosmecê" e, finalmente, "você".

"Mercedes" é tão espanhol. Não consigo imaginar uma Mercedita alemã, de olhos azuis. Mercedita para mim seria o nome adequado para aquelas mulheres índias, de tranças, saias pretas e xales coloridos, segurando cestos de copos-de-leite, pintadas por Diego Rivera. Diego, o lendário ídolo da classe dos trabalhadores, o ativista político que chamou a atenção para a história dos direitos civis no México. O polêmico e conturbado marido de Frida Kahlo. Como são latinas essas Merceditas de Diego! Os copos-de-leite transbordando pureza, paz, elegância. Os pistilos amarelos se destacando no interior da flor, espadas de luz. Tudo tão simples e sofisticado. Delirei.. mas essa vendedora de flores nua, ajoelhada, de costas, segurando o ramalhete de copos-de-leite, só pode se chamar Mercedes, Mercedita.

E agora, ao primeiro acorde de "Mercedita", deu vontade de sair dançando. Depois da aflição, vêm sempre o triunfo e a felicidade.

Outra grande artista foi Helena Meirelles (1924-2005), violeira, compositora, reconhecida mundialmente por seu talento como tocadora da denominada viola caipira. Sua música era de raiz pantaneira e tinha o perfume da flor da guavira. Nasceu em Bataguassu, no sul de Mato Grosso. Cresceu rodeada de peões, comitivas, violeiros. Tocava em bares e em farras. Apresentou-se num teatro pela primeira vez aos 67 anos, depois de ter sido reconhecida pela revista norte-americana "Guitar Player". Hospedada em minha Pousada, entre um sorvo e outro de mate, relatou-me sobre suas idas a fazendas distantes para tocar sua viola: "Era festança grande, minha filha. Foguetes anunciavam a festa. Era algo para ser guardado na lembrança de todos daquelas bandas. Os músicos se prepararam: Zito na sanfona,

Gregório na harpa e eu na viola. Punha uma blusa vermelha, um colete apertadinho e um calça de brim com barra de renda branca. Começava a dança, dança de par solto, muito chamamé, polca, guarânia. Rolava cachaça. Depois acontecia o leilão de uma leitoa para o povo encher a pança. Eu riscava a viola a noite toda, batia no tampo, acariciava o pinho que parecia um corpo afoito gemendo em minhas mãos. A noite já ia alta. Acendiam a tocha, um chumaço de algodão enrolado num cabo de vassoura espreitava a lua, envolta em fumaça. Eu tocava como louca, elétrica, soltando notas, faíscas, lascas cintilantes. Sou séria, sabe? Até meio amarga. Já estou cheia de rugas. Fico tensa e concentrada como uma pedra que rola pelo despenhadeiro e, lá no fundo, explode. Sufoco na alma a angústia, o desespero, a tristeza. Transformo tudo numa canção rouca. Quando terminava a festa, todos iam embora: os homens, as mulheres, as crianças, pela poeira do sertão. Os vaqueiros iam dormir no galpão sobre os pelegos cor-de-laranja. Um pé de ariticum soltava nuvens de pólen. Forte o cheiro do ariticum."

Um dia, Dona Helena não veio mais. Saiu de cena. Leve como uma pena.

Que instrumento lindo é a harpa. As cordas, numa moldura aberta de madeira, quando dedilhadas, fazem ressoar acordes secretos, misteriosos, tensos. Súbito, a terra liga-se ao céu, o instante a vibrações espirituais, a certeza da morte ao destino eterno. Portais puros se abrem como por encanto.

Antiga, a harpa procede dos ancestrais arcos de caça. O som que era produzido quando as mãos retesavam a arma em direção ao alvo. A pulsão rumo ao infinito. O equilíbrio entre a personalidade e o domínio de si mesmo. Talvez a harpa já existisse antes do dilúvio. Estava presente no Egito e na Grécia. Tornou-se símbolo dos bretões celtas na ilha esmeralda da Irlanda e nos castelos medievais do País de Gales.

Para o judeu, a harpa de dez cordas, feitas com o intestino delgado das ovelhas, era um atributo de Davi. Ele tocava sua harpa diante do rei Saul, que logo sentia alívio de suas dores malignas. Quando, mais tarde, o povo foi levado cativo para a Babilônia, à beira do rio Eufrates, sentaram e choraram, penduraram suas harpas no meio das longas folhas dos salgueiros. Bem que aqueles que os destruíram pediam para que tocassem canções alegres. Quanto insulto! Como haveria alegria fora de Sião e de Jerusalém? Que desespero, que emoção profunda há no lamento dos exilados de todos os tempos.

A harpa pequena é uma cítara ou uma lira. A lira dos músicos e dos poetas. A lira de Orfeu. Orfeu era filho do deus Apolo com uma musa. Com seu canto suave, abrandava a natureza, ordenava as estações do ano, fascinava animais, aplacava as tempestades. Tudo e todos se concentravam nele, pareciam dormir ao som das notas de um campo harmônico. Após a passagem do poeta, uma peste, semelhante a esta que estamos vivendo, assolou a Trácia. Sua lira transformou-se numa constelação. É lá no céu que os anjos e os poetas tocam harpas para sempre. A inquietação da beleza e o desejo de ser feliz materializam-se num lirismo de adoração.

Nascida na fronteira do Brasil com o Paraguai, em terras onde aconteceu o ciclo da erva-mate, conheci desde a infância a harpa paraguaia típica, tocada com as unhas. As polcas, as guarânias, as melodias ora lentas e melancólicas, ora rasqueadas, inflamadas, heroicas, brotando entre os fios, saltando dos pedais. Os tons claros, cálidos, glissando nas escalas. Os arpejos espanhóis misturados com a tradição dos índios guaranis. Os passos, os gritos e giros de uma dança latino-americana.

Grande artista é Fábio Kaida. Uma figura cênica. O rosto de índio, os cabelos longos e lisos ultrapassando a cintura, manto que se movimenta enquanto ele gruda a harpa ao seu corpo. Focado, cria arranjos sofisticados, modernos, sem nunca perder suas origens, suas raízes. Por quais nevoeiros andará ele com sua harpa paraguaia?

Instrumento lindo. Só me resta cantar. Um canto pungente, que faça cessar os suplícios dos condenados. Ouço sons de harpa ecoarem das profundezas do abismo. Como explicar a emoção quando ouvimos uma canção paraguaia? O som da harpa arranca do peito a farpa da saudade e as lágrimas escorrem por nossa face. São amargos os abismos do amor e a angústia sai pelos poros da alma. Quando estamos longe da terra que amamos, toda feita de árvores e lembranças, a sensação é de desmaio. Brota de dentro de nós um grito, um gemido, como se fôssemos um animal ferido em cujas pupilas ficou impresso o paraíso.

Uma das mais belas definições de "saudade" foi dada por Mário Palmério, escritor mineiro, que compôs a guarânia "Saudade". Em 1926, a convite de Jango, assumiu a embaixada do Brasil no Paraguai. Entre articulações de encontros de deputados com o governo paraguaio para tratar de políticas de intercâmbio comercial, Mário Palmério dedicou-se também à música. Pianista de ouvido, deixou essa e outras deliciosas guarânias. Guarânias são manifestações da cultura paraguaia, povo que tem duas línguas oficiais, como já vimos: o espanhol e o guarani, e, por extensão, a guarânia, para o afeto.

"Saudade" é uma guarânia terna, suave e sedutora, de criação envolta em lendas. Dizem que alguém, um dia, perguntara a Mário Palmério o que era saudade e ele, então, num suspiro melancólico, compôs a guarânia, única forma de traduzir para o castelhano o lirismo dessa palavra singular: "Se insistes em saber o que é saudade, terás que antes de tudo conhecer, sentir o que é querer, o que é ternura, ter por bem um puro amor, viver!"

Tenho profunda admiração por Mário Palmério e por guarânias. Eletrizante o romance Chapadão do Bugre, que Mário escreveu isolado numa fazenda de sua propriedade no sertão de Mato Grosso. Quanto às guarânias, cresci ouvindo polcas e guarânias pelas fazendas da fronteira. A música paraguaia encharca o terreno de minha alma até as raízes mais profundas. Lembro dos paraguaios vestidos com camisas coloridas de bordado nhanduti, dedilhando harpas, desdobrando acordeons, enquanto estávamos à beira do lago Ipacaraí, numa noite escura em Assunção.

Saudade do Paraguai e de você.

A cultura sul-mato-grossense foi profundamente marcada por Conceição Freitas da Silva, a Conceição dos Bugres (1914-1984), uma escultora primitiva, de origem indígena, uma mulher rude, de mãos toscas, cheias de veias e sulcos que se confundiam com a madeira, com a cera das abelhas. Os bugrinhos que criava eram retangulares, cabeças chatas, cabelos tingidos em preto de carvão, braços semelhantes a asas curtas e pés esparramados. Tinham vida, expressão no olhar, nas barriguinhas estufadas. Tornaram-se verdadeiros símbolos de nosso Estado, totens de nossa identidade cultural.

Conheci Conceição há muitos anos, numa tarde de sábado. Fomos, uma turma de moços, ver o seu trabalho. O artista plástico Humberto Espíndola e a produtora cultural Aline Figueiredo já haviam nos apresentado o artesanato dela. Foram seus primeiros divulgadores. Ela nos atendeu com seu jeito tímido, os longos cabelos grisalhos amarrados no meio das costas, o vestido puído de chita florida. Levou-nos à pecinha de madeira, de chão de serragem, onde colocava os bugrinhos em prateleiras. Pegava-os como se fossem seus filhos, recém-saídos do ventre da terra, como raízes de mandioca. Ela os humanizava, dizia que eles lhe faziam companhia, que cada um possuía uma personalidade singular: alguns eram mansos, outros, bravos guerreiros.

Como eu era jovem naquele tempo. Nem sei se tive a visão da importância daquele momento e da grandeza daquela artista. O certo é que nunca esqueci daquela tarde de sábado. Da cerca de arame farpado em volta do terreno áspero de cerrado, sem nenhuma árvore. Nem do sol que mergulhava vermelho no lago do Amor. Nem do seu corpo franzino, desconjuntado no trabalho pesado. Nem do formão que ia arrancando lascas, faíscas e sonhos dos pequenos troncos.

Conceição foi como uma vela consumida até o fim, recendendo guavira. Partiu, depois de ensinar sua técnica de trabalho a seu marido, Abílio e a o seu filho, o artista plástico Ilton Silva. Mais tarde, o seu neto Mariano assumiu a produção. Conceição foi esculpir bugres na noite índia, lá, à beira dos riachos puros, onde fremem sapos.

Ilton Silva (1944- 2018) era um artista caboclo, contestador e genial. Suas telas são impregnadas de cores fortes e de gente do povo. Costumava também entalhar as molduras dos quadros num efeito de várias dimensões. Numa de suas fases, retratou a pequena cidade de Piraputanga. Piraputanga é um peixe que solta um caldo vermelho, tinto como pôr do sol na panela. O rio Aquidauana tem piraputanga por dentro e Piraputanga à margem, esparramada pela areia, acotovelada no morro, crivada pelos trilhos da estrada, pelo trem que desenrolava seu corpo de cobra, seu lamento de fumaça. Piraputanga já deu diamante embolado no sonho, na cachaça do garimpo. Os pescadores observam os peixes que sobem na correnteza do tempo. As lavadeiras batem nas pedras as flâmulas de trapos. Os lavradores carregam foices como luas de prata. Crianças descalças saem procurando mangas e passarinhos entre ramas roxas. Por Piraputanga já passaram muitos forasteiros, mas foi a primeira vez que apareceu um pintor com telas e cavaletes, retratando Piraputanga, sua resistência, seu lento abandono. Um quadro dessa fase de Ilton embeleza a parede de minha sala.

Nesta marcha para o Oeste, reencontrei o prazer de assistir ao pôr do sol. Fech o as portas, abro as janelas, vou até a varanda e estarreço diante da beleza do pôr do sol. Carrego um sol rubro dentro de mim. Constelações e cacos de estrelas também. Algumas delas piscam as pontas e se confundem com vagalumes. Sou crepuscular, mulher da fronteira. Amo o pôr do sol, hora da saudade, do desejo de sonhar, da vontade de viver e de morrer. Embora sinta o declínio das minhas capacidades físicas e a chegada sorrateira da velhice, o pôr do sol me faz pensar que tudo ficará melhor quando a noite baixar de vez, toda preta.

Deus é o artista que pinta o céu desta terra sempre de forma diferente. Borrões, pinceladas grandes que brilham enchendo a tela de cintilações. Hoje há um pouco de amarelo, de lilás e de magenta. Cada um desses tons poderiam ser captados pelas lentes de um fotógrafo do cerrado ou por Monet, o criador do impressionismo, das ninfeias, dos jardins com pontes sobre lagos, dos pingos de sol refletidos na água e no horizonte. Fico treinando o olhar, enquanto os raios penetram meu corpo com suas hastes de crisântemos.

Escrevi certa vez um poema que começava assim: "Em Madri/ Ninguém sabe como é o pôr do sol daqui". E brotaram comparações com a imaginária Espanha: como um touro na arena esvaindo em sangue; como as mãos do toureiro apanhando uma rosa atirada na areia pela amada; como o rebelde executado de braços abertos, vidrado de terror, naquele célebre quadro de Goya, "Os fuzilamentos do dia 3 de maio de 1808"; como o leque de uma dançarina de flamenco; como a angústia dos sobreviventes depois da guerra civil, do assassinato do poeta Federico Garcia Lorca numa vala de montanha e do martírio de Guernica. Aqui, o pôr do sol tem garças róseas que pousam em porteiras; pelegos espalhados pelos pastos alaranjados do céu. Aqui o pôr do sol pode ser chamado de "crepúsculo", de "quiriri", de "lusco-fusco". Exige que, mesmo que se acendam ao longe as lâmpadas da cidade e os olhos dos jacarés nos pantanais, peguemos nos armários antigos da memória, tocos de velas que se consumirão em chamas vermelhas e azuis.

A viagem para o Oeste foi uma volta para casa, para o meu planeta, para o meu canto de mundo. Cada pôr do sol é um instante suspenso. Além da noite, eu sei, há novas auroras. Coloco minha cadeira na varanda e me encharco de pôr do sol.

O lugar na fronteira onde ficava o sítio de meus tios chamava-se Nunca-te-vi. Nunca-te-vi... parecia que o passarinho mudara de canto e agora, quando subisse na amoreira ou passasse rasante no telhado, deixaria recado muito mais sofrido: "Nunca-te-vi..." Nunca tem peso de eternidade, tem fatalidade de distância. Nunca te vi e, no entanto, isso que nunca vi, é a coisa mais importante da minha vida, é minha essência, é tudo que me falta. Ai, mundão de Deus! Cheio de mato crespo, de porteiras rangentes, de garças longilíneas, de bois opacos balançando as papadas.

Vinha o leite, tirado no curral, esguichado ao primeiro raio de sol, leite de ovelha, de lívida nata, resinoso como seiva de planta, soja ou figueira. Ramona mergulhava o coalho, talhava, meio esverdeado, cor de mate na cuia. Separava o soro, salgava, amalgamava o conteúdo na forma. A pasta fermentava flores brancas e maturadas, as ligas se uniam, as fibras se curtiam e rangiam. Ia lavando, desdobrando, alisando a face de lua até dar ponto, curado e curtido. Virava queijo.

O dia de carnear vaca era um dia de faca, de matança, de aves negras e céu cruento. Os homens iam pro campo com a promessa da carne e eu ficava imaginando o sacrifício, as lágrimas saltando dos olhos mansos, o bicho estrebuchando nos cascos. Quando voltavam, o sol ardendo como brasa no crepúsculo, carregando fígado e coração, encharcados de sangue, impregnados de delícia selvagem, minha alma se confrangia, enquanto, resignada e faminta, observava as chamas preparadas para o bárbaro banquete.

Fazia parte de nossa tradição tomar mate. Chimarrão é o mate cevado, sem açúcar, regado a água quente. Tereré é o refresco, bem gelado. De acordo com o clima, passa-se do chimarrão ao tereré. Para tomar mate é necessário adquirir uma cuia, morena e matuta, uma bomba ou bombilha e a erva moída, tudo semelhante a "*um coração verde c om uma artéria de prata*", conforme poema do gaúcho Aparício Silva Rillo. O ideal é tomá-lo numa grande roda, sob um laranjal.

É bom alguém se dispor a carregar o mate. “Carregar mate” significa ficar segurando a chaleira, passar a cuia de uma mão para outra, de uma boca para outra, respeitando a vez de cada um, a animação da prosa e o ritmo dos sorvos. Levar a chaleira lá dentro para esquentar de novo quando a água começar a esfriar, para não azedar o mate.

É bom que haja no céu um sol bem vermelho e uma poeira cor-de-tijolo envolvendo tudo. Se for na hora do crepúsculo, o *quiriri* e algumas estrelas perfurarem a tarde com suas pontas de lata, a conversa será mais lenta. Se alguém falar alguma frase, alguma palavra em guarani, como *che-kambá* ou *cunhataí*, dará mais sabor à erva. Importante mesmo é que haja um clima de comunhão, de cachimbo da paz, tudo muito morno e quente.

Peço baixinho: Vem, meu amigo tomar mate comigo, vem de tarde, antes do sol se pôr, antes que se acendam as luzes no lusco-fusco. Enche a cuia com erva verde derramada no canto, ajeita a bomba enfeitada de pedras vermelhas, preciosas como aqueles anéis que a gente comprava no bolicho quando éramos crianças. A água quente, escaldante, vai sair da chaleira de louça esmaltada, de flores pintadas em rosa e pastel. Vem, meu amigo, contar histórias, enquanto o mate amargo conforta nossos corações. Quando meu amigo toma mate comigo e eu com ele, nós nos fazemos companhia e é como se um manso regato escorregasse aos nossos pés.

Pensando de onde vem o mate, lembro-me de Serejo e dos ervais da fronteira. Hélio Serejo foi escritor, jornalista e folclorista. Nasceu em Nioaque em 1912 e faleceu em Campo Grande em 2007. Com o intuito de estudar engenharia, alistou-se no 3º Regimento de Infantaria, no Rio de Janeiro e foi preso em 1935, durante a Intentona Comunista. Até provar sua inocência, permaneceu detido na Ilha das Flores por seis meses, sendo excluído do exército. Retornando a Mato Grosso, trabalhou como fiscal, escrivão e jornalista. Fixou residência em Presidente Wenceslau, em 1948. Mudou-se para Campo Grande e antes trabalhou como ervateiro. Foi assim que conheceu o universo de sua gente da fronteira, retratada em suas obras com amor e compaixão.

O drama dos ervais é um grande tema regionalista. O gaúcho Tomás Laranjeira, auxiliar da comissão de limites do governo imperial, logo após a Guerra do Paraguai, palmilhando a matéria da serra de Maracaju, observou as árvores de erva-mate, que apareciam exuberantes até o Apa. Trouxe então gente do Rio Grande do Sul e iniciou a exploração das matas de erva-mate, empregando também os paraguaios.

A erva-mate, exportada para o Uruguai e a Argentina, dava muito lucro e assim foi fundada a Companhia Mate Laranjeira, tendo como sócios políticos influentes, os irmãos Murtinho. Na esteira do desenvolvimento da Companhia Mate Laranjeira surgiram vários núcleos populacionais que se tornaram cidades deste sul de Mato Grosso: Ponta Porã, Porto Murtinho, Nioaque, Bela Vista.

Hernâni Donato (1922-2012), escritor e historiador que pertenceu à Academia Paulista de Letras e à Academia Sul--Mato-Grossense de Letras, escreveu o romance *Selva Trágica*, focalizando os conflitos na região ervateira, um vivo quadro da tragédia dos homens escravizados pela extração da erva-mate, mergulhados no "*inferno verde*", bruto e absurdo.

Hélio Serejo registrou com alma várias passagens pungentes ocorridas nos ervais. Os ervais se estendiam como um manto, muralha verde e movediça. Cada folha era a vida de um homem e todas juntas contavam a história deste sul de Mato Grosso, calcado em sangue e clorofila. No mesclado vegetal, o ervateiro era rude, puro músculo de tigre, mas na noite profunda e silenciosa, sabia embalar o filho e amar com ternura a mulher guarani. Pela manhã, madrugada ainda, sondava o tempo: o verão torrava a terra e o urutau, ave do sol, pousava sobre as erveiras arredondadas. Tratados como escravos ouviam o grito: "Ao trabalho!" Não importava o tamanho do sacrifício. O que valia era o mate. Não importava a liberdade, o que valia era a produção. O patrão tinha chicote de lagarto papo-amarelo para arrebentar todos os órgãos e sonhos. Se tinha baile, por um momento o ervateiro esquecia a luta. Quanta fita encarnada nos cabelos, quantas chicas bonitas. Mas por ciúme poderia haver quebra-quebra, sururu bravo e acabar em defunto, em peito aberto como um cravo colorado. Se a tarde ameaçava chuva, os espíritos caminhavam no lusco-fusco. Ora era o duende da garoa, ora a alma feminina do fogo e da erva mate. Onde a estrela d'alva com sua bênção branca? No pequeno cemitério da fronteira, povoado de cruzes esquálidas trançadas por tiras de pano, que lembram rotos sudário, há ainda tantas vítimas, tantos heróis, tantos carrascos e lá, onde começava o manto dos ervais, ainda se ouvem os gritos de ira e entusiasmo dos ervateiros.

O fim do monopólio da exploração dos ervais foi a prova de que os empreendimentos humanos são passageiros. Que o poder terreno é ilusão verde que se dissolve na mata.

As árvores nativas de erva-mate se estendiam por toda a Serra de Maracaju. Essa serra, com sua cadeia de montanhas, picos e quebradas, divide o sul de Mato Grosso em dois: a oeste, a capital e a leste, os campos de cerrado e vacaria, o início do Pantanal. São rochas de basalto e arenito, antigos derrames vulcânicos que escoaram pelas bacias dos rios, pelos verões úmidos e chuvosos. Os europeus, em antigas balizas, pensavam tratar-se dos lagos e mares de Xaraés. Este ponto é meu eixo de mundo, meu castelo interior, o monte Sinai do meu ser. Aqui sou guiada pelo Sol e pela Lua.

E por que "Maracaju"? Em guarani "maracaju" significa "chocalho amarelo". O chocalho na ponta da cauda da cascavel. A serpente balança os guizos e anéis de pele, pronta para dar o bote, chiando, os losangos do corpo inflando e desinflando de ira. O barulhinho pavoroso serve de alerta para os que andam pelas trilhas da serra. Almir Sater, numa linda canção, lembra de um velho índio que lhe contou histórias de glórias e tragédias; que viu deuses descendo de estrelas, antes da invasão dos portugueses, dos espanhóis, dos bandeirantes e mineiros. Ele é menestrel que quer descobrir lendas e memórias, tocar e compor seus próprios chamamés, traduzir os mistérios da Serra de Maracaju. Muito antes de Sater, quem cantou as belezas da Serra de Maracaju foi o precursor de nossa literatura: o Visconde de Taunay. Foram as contingências da cruenta Guerra do Paraguai que deram à sensibilidade do escritor a oportunidade de observar a vida, a paisagem e os costumes mato-grossenses. Das anotações desse jovem tenente do imperador D. Pedro II, surgiram duas obras-primas: *Inocência*, romance peregrino, situado na melhor ficção regionalista de todos os tempos e *Retirada da Laguna*, relato pungente sobre a bravura de homens numa batalha desigual contra o inimigo implacável e a natureza hostil. Depois, Otávio Gonçalves Gomes, poeta e historiador, escreveu *Mato Grosso do Sul na Obra de Taunay* e contou sobre o momento em que Taunay, junto do rio Aquidauana, numa ramificação da Serra de Maracaju, deparou-se com aquela paisagem grandiosa e fantástica: os arcos naturais, as esculturas cinzeladas nos maciços. Viu o sol batendo nos "píncaros e planos desnudados de vegetação, de um colorido vermelho", cheio de clarões e chispas de fogo. Descreve ainda, nas matas fechadas, os festões de flores pelos declives, pelos aparados da serra, embelezando os caminhos de antas e animais silvestres. O Morro Azul, atalaia do rio Aquidauana, "cesto de gávea avistado de todos os lados". E também a cortina de árvores possantes, colossos de corpulências. As cascatinhas pelos córregos, deslizando pelos penedos. Quanto deslumbramento.

Nosso chão já foi chamado de Estado de Maracaju. Esse foi o nome dado à criação revolucionária dos que primeiro desejaram a divisão de Mato Grosso, a independência e separação de Cuiabá. O Estado de Maracaju existiu de fato, sem autorização da União, de 10 de julho a 02 de outubro de 32, durante a Revolução Constitucionalista. Teve como governador Vespasiano Barbosa Martins. O sul de Mato Grosso apoiou a causa paulista na pessoa do general Klinger. Com o fim da revolução e a vitória de Getúlio Vargas, o Estado de Maracaju foi dissolvido. Estava lançada a semente embrionária do Mato Grosso do Sul, que só nasceu oficialmente no dia 11 de outubro de 77. A loja maçônica que serviu como Palácio Maracaju, sede dos divisionistas, está ali, com suas colunas clássicas fincadas na rua Calógeras, carregadas de História.

Nossa terra é dotada de esplêndida beleza natural, registrada na literatura pelo Visconde de Taunay. Alfredo D´Escragnolle Taunay nasceu no Rio de Janeiro, então capital do Império, em 1843. Durante a guerra do Paraguai, Taunay seguiu como ajudante da comissão de engenheiros, junto às tropas que se destinavam a Mato Grosso. Em julho de 1865, partiu de São Paulo a expedição que daria combate às forças paraguaias e que proporcionaria a Taunay escrever o famoso livro *A Retirada da Laguna*, onde narra com tintas realistas e trágicas a fadiga da marcha, a insalubridade do clima no Pantanal mato-grossense, a malária e a beribéri dizimando os soldados e oficiais brasileiros. Escreveu também *Inocênc*ia, um romance regionalista em que Taunay descreve os hábitos, os costumes e cenários da vida dos sertão mato-grossense. Conta um caso de amor contrariado ligado à morte entre a bela e amiga Inocência e um "médico" viajante, o Cirino. Transcrevemos um trecho do capítulo "O sertão e o sertanejo", para constatarmos como *Inocência inaugurou nossa literatura, tornando-se romance símbolo de nosso Estado: "Corta extensa e* *quase despovoada zona da parte sul-oriental da vastíssima Província de Mato Grosso a estrada que da vila de Sant´Ana do Paranaíba vai ter ao sítio abandonado de Camapuã. Desde aquela povoação, assente próximo ao vértice do ângulo em que confinam os territórios de São Paulo, Minas Gerais, Goiás e Mato Grosso até o rio Sucuriú, afluente do majestoso Paraná, isto é, no desenvolvimento de muitas dezenas de léguas, anda-se comodamente, de habitação em habitação, mais ou menos chegadas umas às outras; rareiam, porém, depois as casas, mais a mais, caminham-se largas horas, dias inteiros sem se ver morada nem gente até o retiro de João Pereira, guarda avançada daquelas solidões, homem chão e hospedeiro, que acolhe com carinho o viajante desses alongados paramos, oferece-lhe momentâneo agasalho e provê da matalotagem precisa para alcançar os campos de Miranda e Pequiri, ou da Vacaria e Nioaque, no Baixo Paraguai*" (Taunay, 1972:21).

Manoel de Barros, nascido na beira do rio Cuiabá em 1916 e falecido em Campo Grande, em 2014, renovador da linguagem, invoca sua terra em seus textos, principalmente no *Livro de Pré-Coisas*, um "*roteiro para uma excursão poética no Pantanal*", como ele mesmo aponta. O livro, segundo o poeta, é "*uma anunciação*" do Pantanal, em que ele apresenta Corumbá; o rio Paraguai; o rio Taquari; o erotismo criador da natureza; a carreta pantaneira; o trabalho do homem do campo; as assombrações; a sua infância entre lesmas, formigas e vaga-lumes; a descrição de aves e animais como urubus, socós-bocas-d´água, tatus, quero-queros, garças e quatis. Um trechinho para sorvermos a natureza em Manoel de Barros:

> *"Com pouco, esse rio se entendia de tanta planura, de tanta lonjura, de tanta grandura, e volta para sua caixa. Deu força para as raízes. Alargou, aprofundou alguns braços ressecos. Enxertou suas areias. Fez brotar sua flora. Alegrou sua fauna. Mas deixou no pantanal um pouco de seus peixes"* (Barros, 1985:24).

Em seu discurso de posse na Academia Sul-Mato-Grossense de Letras, o escritor paulistano Hernâni Donato (1922-2012), que escreveu o clássico romance *Selva Trágica*, ambientado nos ervais da fronteira de nosso Estado, contou que houve uma tese considerada herege durante a Idade Média, de que o paraíso de fato existiria e que, segundo estudos deixados, estaria localizado nesta região centro-oeste da América, próximo à serra de Maracaju. Acredito mesmo que o paraíso era aqui, ao pé da serra, onde os jequitibás se erguem frondosos, o ar rescendo a baunilha e abrem-se os leques das palmeiras. O paraíso era aqui, onde as laranjas ganham sumo, os abacates de encorpam e a terra se trinca de caraguatás. O paraíso era aqui, nas matas passeiam onças pintadas, veados pastam flores, lobos de caudas vermelhas e lontras. O paraíso era aqui, por toda a parte há ouro, mármore ladrilhando ruas, blocos de diamante. O paraíso era aqui, eu sinto toda vez que subo nesta pedra, no meio do rio Formoso. E a maçã? Poderia ter sido um caju ou um caqui.

Quando penso neste sul de Mato Grosso, em sua natureza, meu coração aperta de amor no peito. Sinto-me uma nova Inocência, vestida com uma camisola branca, recostada no beiral da janela do casarão escuro, de fronte ao pomar, ouvindo entre as folhas do laranjal, o som doce da canção de Jayme Ovalle: *Vai, azulão, azulão, companheiro...Vai, azulão, vai ver minha ingrata, Diz que sem ela o sertão não é mais sertão, Azulão, voa azulão, Vai contar companheiro, Vai!*

Inocência é a qualidade de quem é incapaz de praticar o mal. A pureza tem um poder que protege. É uma necessidade de realização plena de uma vida em comunhão com Deus no coração, nas intenções, nos pensamentos. É uma maneira limpa, sem contaminação, de ver as Deparei-me com um quadro clássico: "A Inocência", de William Bouguereau (1825-1905), um pintor acadêmico francês, que dominava perfeitamente a forma e a técnica realista. Trata-se de uma moça descalça, recostada numa fonte. O vestido é simples, branco, vaporoso. Um jarro ao chão. Dois anjos, um em cada ombro, parecem dispostos a elevá-la ao céu. Um deles deposita uma flor em seu decote. Talvez seja uma camponesa. A personificação da inocência, afinal, "para os puros todas as coisas são puras".

As crianças possuem essa inocência. São crédulas, imaginativas, acreditam em tudo que contamos, confiam e admiram os adultos. Presas fáceis da crueldade humana. É necessário manter vivo esse estado de infância em que habitam a criança e o poeta. Mas como lavar as mãos na inocência? Dispensando amigos rudes? Não se lamentando nunca da própria sorte? Controlando a mente? Abstendo-se de tudo que mancha e entorpece os nervos? Invejo quem não conhece motivos de dor e revolta. Queria o conforto da inocência. Bem sei o que sinto e o porquê sinto. Conheço os finais trágicos das histórias e dos romances.

E por falar em romance, *Inocência*, do Visconde de Taunay, é um livro encantador, charmoso, suave e pitoresco. Um caso de amor contrariado, em meio à luxuriante natureza do sul de Mato Grosso.

Alfredo d'Escragnolle Taunay (1843-1899), primeiro e único Visconde de Taunay, foi um nobre aristocrata, escritor, músico, político, historiador e sociólogo brasileiro. Lutou na Guerra do Paraguai como engenheiro militar, de 1864 a 1870. Desta experiência surgiram os livros: *A Retirada da Laguna*, episódio épico, vibrante, descrevendo a bravura dos heróis que foram obrigados a bater em retirada, perseguidos por numerosos inimigos e pela peste que os dizimava e *Inocência*, uma joia de estilo natural e romântico. O leitor se sente cativado pela narrativa e se indaga qual seria o final daquele triângulo amoroso formado pela bela Inocência, de faces mimosas, cílios sedosos e olhos matadores; Cirino, o prático em farmácia que percorria os caminhos medicando as pessoas e Manecão, o noivo violento, bruto, a quem ela era prometida. Tudo se passa numa fazenda próxima ao município de Santana do Paranaíba, nos ermos do cerrado cheirando a araticum.

Inocência era um ser com pouca consciência de si e, ao mesmo tempo, tão cheia de resistência, que preferiu a morte a renunciar ao amor verdadeiro que sentia por Cirino. E a morte desceu sobre os amantes com sangue e vingança.

Meyer, um cientista que caçava insetos para os museus europeus, batizou com o nome de "Papilio Innocentia" uma espécie de borboleta, talvez laranja e preta, que tremulava as asas sobre os tufos de hortênsias.

Essa obra prima regionalista tornou-se o romance brasileiro mais traduzido da época e, mais tarde, foi considerado o precursor da literatura sul-mato-grossense.

Viram? Assim como Taunay, conheço os dramas de guerras e do amor e morte universais. Tenho prática em viagens. Explorei as margens dos rios Taquari e Aquidauana. Escalei morros e mergulhei em cachoeiras. Quem viaja sozinha por essas matas não é mais inocente. O prazer que tive ao observar aquele quadro e ler aquele livro me surpreende e emociona. A inocência tem a marca da originalidade e faz chorar.

Muito antes de ler *A Retirada da Laguna*, de Taunay, eu ouvia falar sobre a Guerra do Paraguai. Em Bela Vista, à beira do Apa, numa casinha humilde, de madeira cinza, com latas de espadas-de-são-jorge na frente, caramanchão de maracujá ao fundo, laranjal ao lado, moravam meus tios: Fabrício Pilar, o Pila, irmão de minha vó Miloca, e Anita, sua mulher. O sítio deles chamava-se *Vingança* e só de ouvir esse nome eu sentia um cheiro de sangue pairando no ar. Tio Pila era magrinho, sacudido, gogó que subia e descia pelo pescoço enquanto contava casos. Sorvia mate, escarrava nas touceiras de capim. Usava bombachas de gaúcho e chiripá. Tia Anita era uma paraguaia índia, de traços severos e fortes, longos cabelos grisalhos presos em coque no alto da cabeça. Fazia chipa, falava guarani, atiçava a lenha do enorme fogão, que parecia um navio. Seus filhos eram já adultos. A Zilda, tão bonitinha, professora. O Argemiro, entendido de cavalos. A Olga, que morava com o marido na remonta. Olga tinha vários filhos, cujos nomes começavam com a letra V: Verinha, Vanda, Valdomira, Vanderléia, Valdir, Valter... Os primos eram a princípio tímidos, como animaizinhos assustados. Depois, soltavam-se e começavam a brincar com a prima estranha da cidade grande. Na companhia deles eu virava uma bugrinha , calçando chinelas de tiras, pulando cercas de arama farpado, estirando-me como um gato no chão batido. Até hoje lembro do gosto do barro, do contato das mãos na lama, na água, dos castelos e fossos cavados no quintal. Gravado também o gosto doce das laranjas, sorvidas nas tardes quentes.

Vinha a noite, noite total, sem subterfúgios elétricos, cheia de tremores de rãs, de faiscantes vaga-lumes, de estrelas perfuradas. À luz do lampião, recostado na cadeira de palhinha, entre fundas tragadas de erva-mate, tio Pila contava histórias carregadas de paixão e valentia. As pálpebras fechavam-se de mansinho como se pesassem quilos; as imagens se desfocavam na claridade tênue; a voz do meu tio soava como cantiga lenta, arrastada e eu penetrava magicamente a gruta do sono.

Tio Pila gostava muito de contar histórias: histórias da Guerra do Paraguai, casos de assombração, de enterros, de tesouros escondidos. Histórias picadas, trechos de conversas, como uma colcha de retalhos. O tio pigarreava, tinha um jeito vivo, dramático, de contar os casos. Eu sentia arrepios, ouvindo o barulho dos grilos e das cigarras, o distante ruído das harpas dedilhadas do outro lado do rio.

De algumas daquelas histórias, nunca mais esqueci. Foi a partir delas que começou meu interesse pela Guerra do Paraguai. Tio Pila explicava: *Foi uma guerra triste, uma guerra entre irmãos. De um lado, a Tríplice Aliança: Argentina, Uruguai e Brasil. Do outro, o Paraguai. Três contra um.* O *Paraguai era governado por um jovem ditador, o Solano Lopez. Lopez era um sonhador. visitou muito novo a França e ficou influenciado pelos feitos de Napoleão. Queria que o Paraguai se tornasse uma potência platina, obtendo uma saída para o mar. Achava que seu exército era o maior da América. Assunção era um brinco de cidade: cheia de poetas e músicos, escolas, hospitais, igrejas, industrias, navios, até telégrafos tinha. Mas Solano era ambicioso, queria um* Paraguai Maior, *sustentado pela força dos canhões.* O Solano Lopez vivia com a Madame Lynch. *Neste ponto, tia Pila pigarreava. Falar dessas coisas para crianças... Eram amantes. A Madame Lynch, uma estrangeira que ele conheceu na Europa, era casada e veio com ele para o Paraguai. Dizem que era linda, cabelos de fogo, olhos azuis, parecia uma princesa. Tocava piano, gostava de teatro, de joias. Passeava de carruagem perto do lago de Ipacaraí. Morava num sítio luxuoso, onde colecionava lanternas mágicas, caixas de músicas, licores. Foi muito perseguida pelas damas da aristocracia, a começar pela família do Lopez, que não a aceitava. Mas permaneceu junto dele até o fim da guerra. E a guerra foi sangrenta. Os paraguaios ocuparam Dourados, Miranda, Nioaque, Lopez começou ganhando, ficou entusiasmado, queria invadir o Rio Grande do Sul. Foram acontecendo as batalhas, uma atrás da outra: Riachuelo, Uruguaiana... Após as vitórias em Passo da Pátria e Tuiuti, chefiada pelo General Osório, os brasileiros e aliados foram contidos pelos paraguaios num forte chamado Curupaiti. Em Curupaiti morreu muita gente. Os paraguaios amarravam os corpos nus dos negros brasileiros uns nos outros, formando jangadas humanas que desciam o rio.*

Os brasileiros sofreram muito: falta de víveres, cavalos e munições, as epidemias; principalmente a cólera matava milhares de soldados. A tentativa de libertar Mato Grosso, comandada pelo Coronel Camisão foi um fracasso. Seria impossível para os brasileiros atacar o Paraguai pelo Apa. Chegaram só até Laguna, conduzidos por um guia. Depois, os sobreviventes tiveram que retroceder, bater em retirada, marchar léguas a pé, carregando as macas dos coléricos até a Serra de Maracaju. Lá parecia o paraíso, encontraram o rio Aquidauana cheio de jaús, pintados, piraputangas. Muitas laranjas e limões que matavam a sede e combatiam a cólera. Quem escreveu sobre essa retirada foi Taunay, um grande escritor.

Eu repetia: *Toné – um grande escritor.*

Tio Pila continuou sôfrego, olhos vidrados: *Aí o Caxias assumiu o comando da companhia, o Osório estava ferido, fraco. Caxias era velho, mas montava como um jovem e tinha uma voz possante. Era um líder. Conseguiu muitas vitórias, até que num janeiro verde entrou em Assunção. Enquanto isso, uma esquadra brasileira rompia a resistência paraguaia no forte de Humaitá. Humaitá tinha fama de fortaleza inexpugnável, circundada de trincheiras. Parecia um vulcão vermelho e negro na curva do rio, guardando a passagem para Assunção. Humaitá foi dominado pelos navios brasileiros de torres giratórias. Depois, a esquadra passou por Assunção, disparando granadas, avisando o fim da guerra. Dizem que nesse dia as águas do rio Paraguai ficaram rubras de sangue.*

Vieram as batalhas finais: Avaí, Lomas Valentinas, Angostura, Itororó. Lopez recuando para os lados de Mato Grosso. As tropas paraguaias, arrasadas, comandadas pelo valente paraguaio Bernadino Caballero, sabiam que o jogo estava definido, mas não se renderam. Foram até o fim: tinham se tornado uns fantasmas ferozes e cegos pelas estradas. Lopez se afundou pelas florestas e alagados. Foi perseguido como um escravo por capitães-do-mato até chegar a Cerro Corá. Cerro Corá em guarani significa *círculo de montanhas.* Era uma arena natural, formada pela erosão na borda do chapadão, à margem do rio Aquidabã, no Paraguai.

Lopez estava acampado lá com Madame Lynch, os filhos pequenos e seus soldados, quando chegaram as tropas do General Câmara. Solano fugiu galopando em direção ao rio. Chico Diabo, um mulato esguio, foi ao seu encalço. Na margem do rio, Lopez apeou do cavalo. Chico Diabo com uma lança perfurou o ventre do ditador. Outro soldado acertou-lhe a testa com um sabre. Lopez cambaleou, resisti u, tentou atravessar o riacho, levantou a espada e pronunciou a frase: "Morro com minha Pátria." Verdade, Solano Lopez morreu. O Paraguai ficou devastado. Uma desolação só. Homens e meninos mortos. As casas vazias e tristes. Tudo abandonado e coberto de musgo. A soldadesca se atirou sobre o corpo de Solano Lopez, uns corvos, uns abutres, arrancando orelhas, dedos, pedaços de couro cabeludo, dentes para levar de lembrança. O tio pigarreou de novo: *Ficar contando essas coisas para crianças...*

Madame Lynch estava na carruagem, assistindo à luta. Seu filho de dezesseis anos, Pancho, não quis se render, disse que era homem, que ia defender o pai e a mãe até o fim. Levou um golpe no coração. Madame Lynch, uma irlandesa acostumada a séculos de humilhações, cavou com as próprias mãos a sepultura do filho e do companheiro. Tudo isso aconteceu lá em Cerro Corá, naquele lugar fechado pelo cinturão das árvores, muita morte, muita dor.

Madame Lynch foi embora com os filhos restantes para a Europa num navio chamado Jauru. Viveu pobre, miserável, esquecida. Dizem que lá na França recebeu um dia a visita do Conde d'Eu, marido da princesa Isabel, mas isso é outra história...

Tio Pila me levou para conhecer o marco *Nhandepá*, que significa "*chegar ao fim*" em guarani: um cruzeiro perto do cemitério, cercado por grossas correntes e mato rasteiro. Depois fomos ao Paraguai. Vi os guardinhas, *tarrachis*, nas guaritas, de chinelos e armas a tiracolo, as *peripipis*, cuidando da fronteira, algumas mulheres vestidas de negro, como em eterno luto. Bugras com cestas de chipas e laranjas na cabeça. Senti tristeza e vergonha. Como pudemos nos tratar assim? Por que houve uma guerra, um mundo de sangue e ódio entre nós? O que ganhamos todos com essa guerra de destruição? Como houve guerra num lugar como esse, em que o Brasil é Paraguai e o Paraguai é Brasil? Como estaríamos hoje, não fosse a guerra?

*Tio Pila me contou mais uma história da Madame Lyn*ch: *Madame Lynch tinha um piano de cauda preto que ela levava até para os acampamentos. Ficava horas tocando. Era como se* *falasse através das musicas. Dizem que o piano pulsava como um animal. Antes de fugirem para Cerro Corá, passaram por uma região próxima a Amambaí, no sul de Mato Grosso. Madame Lynch pediu para que enterrassem o piano perto de uma figueira. Assim foi feito. Ninguém mais achou esse piano. O lugar ficou conhecido como* Piano-cuê: cuê em *guarani significa* dama, senhora; piano da dama. *Muita gente quando passa por Amambaí ouve o som do piano, melodias tristes como gemidos que se espalham na noite guarani.*

Meu tio era fascinado por rinhas de galo. Criava galos de vários tipos e cores. Tinha orgulho de suas esporas, de suas caudas compridas. Criava-os para a morte, gladiadores para sua arena, que ficava ali, perto do poço.

As rinhas de galo atraíam muita gente: homens rudes, vampiros de olhos injetados, acostumados a castrar boi, a arrancar couro, a ver tripas de fora. Algumas mulheres assistiam às lutas com as veias saltadas, as mãos crispadas, espantadas com aquele jogo semelhante a sexo bruto. As crianças eram afastadas, mas sentiam o clima de um mundo feroz, feito de raiva crua, de potência, de violência escarlate. Atiçavam os galos um contra o outro; a cólera crescia; o desempenho das aves no combate era cheio de fúria e desejo desmesurado. A pele de algumas pessoas, toda eriçada, assemelhava-se à pele dos galos esfolados, já sem penas. Depois do sacrifício, sentavam-se, repartiam as apostas, o suor borbulhando como cer veja. A tarde vermelha afogava suas mágoas no crepúsculo, manchada de sangue inocente.

Os galos cantam religiosamente por volta da meia-noite e mais tarde, a o amanhecer. A que horas terá cantado aquele galo que o discípulo Pedro ouviu após negar a Cristo? Lembrou-se das palavras que o mestre lhe dissera: "Em verdade te digo que esta noite, antes que o galo cante, me negarás três vezes." Pedro chor ou amargamente. Com orgulho, soberbo, sem conhecer a si mesmo e às suas fraquezas, havia replicado: "Ainda que seja necessário morrer contigo, de nenhum modo te negarei." E negou, e mentiu e disse que não conhecia aquele homem que fora preso pelos soldados romanos, que não andava com ele, que não verteria seu sangue por ele, que o levassem para seu destino de morte e de cruz. Jurou, praguejou, diante do lume do fogo. Até que o galo cantou. A trombeta postada nos baluartes da torre tocou anunciando a vigília da noite. Fora um covarde. Tropeçara. A consciência o acusa. Lágrima s de arrependimento, de luto e consolo escorrem por sua face.

Os galos são tão belos e altivos! O galo branco c om a crista rubra de um mandarim transmite bondade, confiança, coragem. Que triste a recordação daqueles bárbaros assassinatos na fronteira. Para surpresa do público, Jânio Quadros proibiu as rinhas de galo num de seus polêmicos decretos como presidente e enlouquecido, destituído do poder por forças ocultas. Mas as brigas continuaram em sanhas clandestinas. Presenciei rinhas de galo. Sentia uma com paixão imensa pelos galos; por meu tio, que eu amava tanto e pela humanidade inteira.

Taunay, em suas andanças pelo sul de Mato Grosso, durante a Guerra do Paraguai, ficou impressionado com os rios desta região. Observou o fluir das águas, a corrente da vida e da morte em direção ao oceano, a travessia de uma margem à outra. Os rios simbolizam sempre a existência humana com sua sucessão de desejos, sentimentos, intenções e variedade de desvios. Heráclito meditou: "Aqueles que entram nos mesmos rios recebem a corrente de muitas e muitas águas e as almas exalam-se das substâncias úmidas". Platão sintetizou: "Não conseguiríamos entrar duas vezes no mesmo rio." A palavra "rios" no plural significa que existe um rio para cada homem que mergulhar em suas águas.

Mato Grosso do Sul é cheio de rios. Para cada uma de suas cidades existe em rio ou mais de um rio. Campo Grande foi fundada na confluência de dois córregos, mais tarde denominados "Prosa" e "Segredo". O pioneiro José Antônio Pereira, com cinquenta anos de idade, natural de Minas Gerais, empreendeu sua primeira viagem rumo ao sul da então Província de Mato Grosso, à procura de campos para criar animais e matas para lavouras. Formou uma comitiva composta por cinco pessoas, dentre estas, seu filho Antônio Luiz , dois escravos (os irmãos João e Manoel) e Luiz Pinto, prático em viagens pelo sertão. Em 04 de março de 1872, a pequena caravana partiu de Minas em direção àquelas vastas campinas, trilhando os caminhos deixados pelos soldados que combateram os invasores do território brasileiro na Guerra do Paraguai. As águas daqueles rios foi o panorama ideal para a comitiva descansar e depois construir um rancho coberto de folhas de buriti. Hoje, o Prosa e o Segredo estão escondidos sob o asfalto, mas serviram de demarcação e início da futura capital.

O rio Paraguai, caudaloso como um mar, é responsável pela existência de duas cidades históricas: Corumbá e Porto Murtinho. Como é belo ver o rio Paraguai: a massa, a corrente, o volume veloz das águas sob o casco que singra aquele oceano doce, barrento, coalhado de camalotes. Verdes ilhas que a balsa tritura com se tivesse dentes. Do outro lado, está Corumbá, branca, caiada. Podemos ver o rio Paraguai da ribanceira de Porto Murtinho, enquanto esperamos uma chalana, um barquinho que nos leve à outra margem. Também em Assunção, da sacada do castelo de Solano Lopes, vê-se o rio Paraguai. Seu sonho de ditador dissolvido em ondas de lama. Enfim, quando vemos o rio Paraguai entrecortando o Pantanal, formando canais pela Bacia do Prata, nossa alma se enche de melancolia, de canções, de histórias. Temos uma sensação estranha de sempre e de nunca mais.

Afluente do Paraguai, o rio Apa é o mais significativo referencial da cidade de Bela Vista, cenário da Retirada da Laguna, vizinha da cidade de Bela Vista do Paraguai.

E o que seria de Aquidauana sem o rio Aquidauana que hoje a separa do município de Anastácio? E Miranda, Nioaque e Rio Brilhante sem os rios do mesmo nome? A quem Dourados, a capital dos grãos, deve seu nome, senão ao rio Dourados, coalhado de peixes? Dá para imaginar Coxim sem o espumante Taquari? E Bonito sem as cachoeiras do Mimoso e do Formoso? E há o rio Perdido lá pelos lados de

Caracol. O Mangaba e o Itá, a caminho da cidade de Antônio João. O rio irriga com ramificações finas e capilares toda a costa leste do Estado. Para mim, um dos sinônimos de felicidade é poder mergulhar num rio da minha terra, tomar banho de cachoeira, penetrar na massa das águas como quem retorna à Nascente divina.

Ah! Caro Taunay, louvo os rios de minha terra como se fossem vasos e artérias do meu próprio corpo.

Corumbá é o portal do Pantanal. Chegamos a Corumbá percorrendo as serras, observando o voo dos tuiuiús e das araras azuis, espalhando pelo ar o pó claro da terra calcária. As ruas de paralelepípedos, os casarões antigos, as palmeiras que levam ao porto, tudo nessa cidade é mágico. É fronteira vazada, tríplice (Brasil, Paraguai e Bolívia); é passado das culturas da platina e do chaco. À noite, fantasmas percorrem as avenidas largas. Foi assim que encontrei em frente ao cais, lugar de saudades que se transformam em pedras, o poeta Lobivar Matos. Magro, baixo, orelhas de abano, olhar inquieto, esse corumbaense falecido precocemente em plena fase de amadurecimento pessoal e do movimento modernista, estendeu-me a mão e me fez caminhar pelas páginas de seus livros, pelas sílabas e silêncios de seus poemas. *Areotorare*, o livro de estreia, refere-se ao índio que fala aos irmãos da tribo, em volta da fogueira, contando histórias e perpetuando lendas. *Sarobá*, nome de um bairro pobre de negros, lugar sujo, miserável, onde habitavam a mulata Isaura, o Nhô Juca, Mané Galvão, os moleques, as lavadeiras, os marginalizados, os excluídos, os anônimos, figuras humanas tristes, quase trastes, vestidas de trapos, acostumadas ao banzé de cuia, à bagunça, ao forrobodó. "Vê, disse-me ele, é uma mancha negra bulindo na cidade mais branca do mundo". De uma bica pingava água e fazia lama no chão socado. Conduziu-me a uma igreja, onde ficou namorando os desgraçados encolhidos na escadaria. "Os verdadeiros santos", confessou-me ele sobre sua religião pessoal que misturava dor, compaixão e solidariedade.

Literatura é mesmo invenção e memória, concluo enquanto chacoalha o ônibus que me afasta de Corumbá, do rio Paraguai e do fantasma do poeta Lobivar. Abro o livro *A Vida e a* Obra *de Lobivar Matos*: o modernista (des)conhecido", da professora Susylene Dias de Araujo, sua tese de Doutorado, defendida na Universidade Estadual de Londrina (UEL). Mas se é um trabalho científico em que a autora apresenta Lobivar Matos como "o sábio bororo de *Areotorare*"; o poeta-filósofo-fotógrafo que revela Sarobá à luz dos lampiões e da consciência sociológica; o poeta que nos deixou um livro inédito, o *Rendas da Interrogação,* datado de 1933, formatado pelo próprio autor, resistindo ao tempo, cheio de devaneios poéticos, coletânea de epígrafes e referências, permeado de dúvidas que se trançam como rendas nas rodas do Destino, por que choro assim? Por que as lágrimas inundam minha face constatando quão inútil foi para o poeta sofrer tanto pela humanidade? Ofereceu-se como sacrifício vivo. Ele que acordara contente numa manhã de sol, com vontade de se estirar na areia, mas que, ao lembrar dos milhares de irmãos injustiçados, trancafiados nas prisões, começou a sentir a úlcera do fígado doer, doer, até estourar. Gemeu e gritou até a morte. As veias e os versos secos.

No capítulo "A Amizade Literária", um encontro, um tesouro, uma aproximação no tempo e no espaço: Lobivar Matos e Manoel de Barros foram amigos na infância, habitaram o chão da branca cidade de Corumbá. Embora de famílias diferentes, receberam o sobrenome Barros em seus registros de nascimento. Lobivar, o mais velho, de 1915, teve sua vida abreviada aos 32 anos. Manoel, de 1916, faleceu aos 98 anos, gênio reconhecido, aclamado pelo público leitor e pela crítica. Lobivar e Manoel se conheceram, conviveram em Corumbá e no Rio de Janeiro, onde ambos cursaram Direito e tentaram ampliar seus horizontes existenciais e literários. Lobivar apresenta Manoel como "um novo poeta que surge", "um poeta originalíssimo" o seu amigo Nequinho. Fala entusiasticamente de uma efervescente geração de poetas, anuncia o surgimento de modernistas no sul de Mato Grosso. Em 1936, Lobivar publica *Areotorare*. Um ano depois, Manoel publica *Poemas Concebidos sem Pecado*. Dois jovens poetas amigos. "Lobivar, o Lolito, foi meu amigo até uma semana antes de sua morte", escreveu Manoel de Barros em carta à professora Susylene, resgatadora de fios e rendas. Influenciaram-se mutuamente. Lobivar vaticinou a liberdade. Manoel viveu-a com intensidade criativa.

Manoel de Barros foi um poeta fazendeiro. Sempre ouvi comentários sobre o significado da palavra "fazenda": vem de "fazer", de "coisas que devem ser feitas". E assim é a lida na fazenda: há que se arar a terra; preparar o solo com adubo para a lavoura; produzir leite e queijo; realizar reformas nas cercas e nos currais; criar gado; edificar casas; lançar os alicerces dos celeiros; operar tratores e máquinas; replantar o pasto; organizar as colheitas; perpetuar os frutos entre sóis, luas, chuvas e estiagens. O fazendeiro seria o dono, o criador, o gestor, uma espécie de pai. O que dá existência à própria vida da fazenda.

Muitas fazendas preencheram o meu imaginário, em andanças familiares por cidades como Campo Grande, Bela Vista, Jardim e Miranda. Lembro-me de Imensas plantações de arroz; de queimadas, o fogo lambendo o solo e retorcendo os arbustos; de áreas verdes alagadas de azul; de campos de vacaria; de riachos cercados de caules de melancias; de moinhos socando farinha de mandioca; de porcos enormes, os cachaços, atravessando o capim de braquiária; de abacaxis e caraguatás explodindo suas setas, flores e espinhos. Essas fazendas de certo modo me pertencem.

O livro de Manoel de Barros, *Pré-Coisas*: roteiro para uma excursão poética no Pantanal, mistura prosa e poesia, retrata o universo das fazendas, do ermo onde ele se manteve. Apresenta sua terra, Corumbá, a Cidade Branca, com orgulho, viajando de lancha ao encontro de si mesmo, de seu personagem, de seu alter-ego, num "rio Paraguai empeixado e cor de chumbo", que "flui entre árvores com sono". Sente o cheiro dos currais; vê casas nascendo; meninos recolhendo vacas no lusco-fusco, na semi-escuridão; depara-se com o agroval, onde arraias viram ninhos de larvas, cios, polens e sêmens fervilhantes. Sente o "perfume de terra molhada que invade a fazenda". Deleita-se com o mundo sem limites do pantanal cheio de cogumelos nos troncos e bagunça de periquitos nas ramagens. Ouve o ranger da carreta de bois puxando cordas tiradeiras. Conta que, assim como os cafeicultores paulistas iam passear e se cultivar em Paris, no sentido de obter cultura, assim também houve o caso daquele fazendeiro que, da Europa, enviou bilhete ao gerente do banco: "Venda carreta, bois do carro, cangas de boi". "O boi cria o pantaneiro", conclui melancólico. A sua faina de fazendeiro/fazedor de poemas é cheia "de nó pelas costas", "pois tem que transfazer natureza." Transfazer, entende?

Manoel de Barros, sábio fazendeiro. Acreditemos como ele que é possível plantar sementes em solo fértil, regá-las, prover-lhes nutrientes de leitura e prazer, protegê-las das ervas daninhas do desprezo e da ignorância, entregá-las nas mãos de Deus e do Tempo. Milhões de fazendeiros/poetas vivem desse processo há séculos. Nem todas as sementes germinam nos solos e nas mentes. Mas vamos fazendo as coisas que devem ser feitas, pois elas são inerentes ao nosso ser. Poesia é um desejo de ser e de fazer.

Rios clamam por pontes que juntem as margens, que sirvam de passagem. Duas pontes da minha terra marcaram a geografia de minha infância: a Ponte Velha, que unia os municípios de Aquidauana e de Anastácio e a ponte sobre o rio Apa, com Bela Vista do Brasil de um lado e Bela Vista do Paraguai de outro.

A Ponte Velha era de ferro e cobre, uma espécie de espada de aço sobre águas pardacentas. Dos dois lados, a imensidão do mundo, o mistério do mato, a flora humilde dos cerrados, o aroma dos cajus vermelhos e amarelos, os seixos, os troncos retorcidos, onde choravam as juritis. A Ponte Velha era um divisor de espaços e atravessávamos as serras azuis entre suspiros de pássaros.

Agora, olhe no mapa, aqui entre o sul de Mato Grosso e o Paraguai, à beira duma cidade chamada Bela Vista, passa o rio Apa. Conheço esse rio. Quando criança, não havia ponte sobre ele. Atravessávamos em pequenos barcos. Minha avó de sombrinha estampada e aquele ar de quem usava perfume francês. Em volta, savanas secas, laranjeiras amargas, ardidas de sol. Ouvíamos sons misteriosos nas margens: gemidos, gritos de guerra, cordas de harpa. Ao longe, avistávamos a escadaria de uma igreja, com uma santa numa gruta. Na ribanceira havia um marco de pedra com os nomes dos jovens rapazes, que morreram num acidente de avião às margens do rio. Pescávamos nas águas turvas, entre morros de formigas, cobrindo-nos com ponchos de lã colorida, pois, às vezes, fazia muito frio no Apa. Olhe bem o mapa, amigo, está vendo este filete azul? Ficou gravado para sempre como uma artéria em meu coração.

Escrevi essas palavras sobre o Apa num livro e o livro chegou às mãos do embaixador e intelectual Mário Gibson Barbosa, que me enviou uma carta datada de 4 de junho de 1998, na qual ele declarou:

"Pois bem: hoje existe a ponte sobre o Apa. E sou eu o pai dela. Quando Embaixador no Paraguai, em 1967, visitei oficialmente Bela Vista, onde fui recebido com pompa e circunstância, pela guarnição militar local. Espantou-me, então, a inexistência de uma ponte sobre o rio Apa, demarcador de nossa fronteira com o Paraguai, sem a qual ficava interrompido o sistema viário da região. Por minha própria iniciativa, pedi pessoalmente a Mário Andreazza, Ministro dos Transportes no Governo Costa e Silva, que construísse a ponte, explicando-lhe sua absoluta necessidade. Ele acedeu prontamente- e meses depois lá estava a ponte... Desculpe-me narrar-lhe esse fato em que apareço como protagonista. Mas não podia deixar de fazê-lo, diante da emoção que me trouxeram suas palavras."

Ler *Cem Anos de Solidão*, do colombiano Gabriel Garcia Márquez (1927-2014), radicado na Cidade do México, Prêmio Nobel de Literatura em 1982, é sempre uma viagem profunda numa narrativa poderosa e complexa, cheia de fugas e interrupções. Exemplo maior do realismo mágico impregnado na literatura hispano-americana. O autor desentranha o maravilhoso das coisas que o rodeiam, misturando o real e o fantástico. Traz à tona elementos simbólicos, primitivos, que são as forças autênticas da terra. Conta a incrível história de uma família por sete gerações, os Buendía, uma estirpe que guarda anseios e dores de um povo oprimido, colonizado. Moram numa cidade mítica, Macondo, uma espécie de microcosmo, onde a fantasia coabita no dia a dia do povoado. Um lugar estranho, onde chove durante quatro anos seguidos. Fantasmas, névoas e memórias caminham pelas ruas e espiam das janelas. Borboletas amarelas rodeiam os brejos. A família é uma verdadeira "casa de loucos", onde os filhos herdam cada vez mais a loucura dos pais. Os diálogos são escassos e a casa se enche de desconhecidos convivendo sob o mesmo teto. Os homens, de nomes "José Arcádio" são inventivos, impulsivos, visionários. Já os "Aurelianos" são introspectivos, com poderes sobrenaturais, capazes, por exemplo, de mover e quebrar objetos com o olhar. As mulheres, as "Úrsulas", são espinhas dorsais da família e da cidade, incansáveis, matriarcas cheias de iniciativa, força e inteligência. Os acontecimentos e conflitos caminham como teias sociais, familiares, políticas e humanas.

Dizem que Gabriel Garcia Márquez, o Gabo, aos trinta e sete anos, fez uma viagem a Acapulco e voltou com o livro inteiro idealizado em sua cabeça e, principalmente, com o tom que daria à história, muito influenciado pela forma como sua avó, Tranquilina Iguarán, contava casos exóticos, absurdos e aterrorizantes. Despachou os originais para uma editora da Argentina e o livro explodiu em milhares de exemplares pelo mundo todo, traduzido em vários idiomas. A América exportava pela primeira vez para a Europa um livro que marcava a identidade da América Latina. América que até então era uma criação premeditada da história europeia.

Gabo afirmava que tudo que escrevia tinha como base a realidade. Em seu discurso na Fundação Nobel, lembrou-se de Antônio Pigafetta (1480-1531), um navegante florentino que acompanhou Magalhães na primeira viagem ao redor do mundo e que, ao passar pela América, escreveu uma crônica que parecia uma aventura da imaginação. Narrou que havia visto porcos com umbigo no lombo, pássaros sem patas, nativos que enlouqueciam olhando-se no espelho. Gabo citou também o explorador espanhol, Álvar Núñez Cabeza de Vaca (1490-1559), que saiu à procura da fonte da Eterna Juventude, numa expedição lunática que chegou ao norte do México. Mais tarde, esse aventureiro verá a imensidão do Pantanal, ao qual deu o nome de "Mar de Xaraés". Comprova-se assim que o realismo mágico tem raízes no imaginário barroco, medieval, remontando até às proezas de um herói da Antiguidade Clássica como Ulisses, relatadas na *Odisseia*, de Homero (928 a. C- 898 a. C.).

Bela Vista, cidade na fronteira do Brasil e do Paraguai, cortada pelo rio Apa, foi a minha Macondo. Era lá que eu passava as férias, no sítio de meus tios-avós, Pila e Anita. Ele vestido de bombachas e faixa colorida na cintura. Ela com cara de índia, cabelos brancos trançados, sorvendo o mate na cuia. Tio Pila contava com minúcias como se desenrolara a Guerra do Paraguai naquelas lonjuras: a perseguição dos paraguaios à coluna do Guia Lopes, na célebre Retirada da Laguna, os soldados dizimados pela peste, chafurdando no lamaçal. Os "enterros", tesouros de ouro e prata escondidos em baús, por baixo dos pisos e próximos às árvores frondosas. Um piano enterrado, que pertencera a Madame Lynch, amante de Solano Lopes, tocava sozinho misteriosamente à noite. Histórias de um bandoleiro perigoso, o Silvino Jacques, gaúcho sul-mato-grossense, afilhado de Getúlio Vargas, homem violento a serviço de latifundiários. Quando nos reuníamos na varanda, tio Pila apontava a luz cintilante e azulada do fogo-fátuo, o boitatá dos pântanos e cemitérios, que matava os índios. Evocava as figuras do caipora de cabelos vermelhos e pés virados para trás, da mula sem cabeça e de sacis pequenos e variados que faziam as crianças se perderem no mato. Dormíamos sob a chama do lampião, que atraía mariposas. Os olhos arregalados de medos e angústias sem explicação. Mas era bom, sentíamos que estávamos mergulhados num universo cruel, onde também havia amor, poder e solidão. Intuíamos, afinal, que a vida é mais tenaz do que a morte.

Os escritores são inventores de fábulas, que acreditam na criação da utopia. Deliram. Escreveu Gabo: "Uma nova e arrasadora utopia de vida, onde ninguém possa decidir pelos outros até mesmo a forma de morrer, onde de verdade seja certo o amor e seja possível a felicidade." Rende então homenagem à Poesia, pois só a poesia resgata a América nas alturas de Macchu Picchu, destilando a tristeza milenar dos sonhos sem saída. Os espíritos esquivos da poesia rondam a Macondo de Gabriel Garcia Márquez e a minha distante Bela Vista.

Minha Macondo...Sabe, amor, quando éramos jovens, inventores de nosso destino e viajávamos para Bela Vista, em julho, em pleno inverno? Chegávamos à cidade, no meio do nevoeiro. Cerração densa, neblina que os faróis e as luminárias de tom amarelo não conseguiam dissipar. Era uma terra de fronteira, entre o Brasil e o Paraguai, com o rio Apa separando um lado do outro, as margens mergulhadas na escuridão. Mal podíamos distinguir os contornos, as ruas, o abrigo da nossa antiga casa.

Sinto-me assim, de repente, numa transição, num túnel, numa passagem para um estreito de evidências que ainda não foram substituídas por outras formas de pensamento. Meu pensamento virou fumo, névoa, réstias de luar. Névoa. Não consigo ver nada.

Terra de fronteira... há névoa em tudo o que se foi, em tudo que passou, meu amor. Somos sonhadores de lembranças, fantasmas sonâmbulos passeando por colunas de água e fogo.

Bela Vista é um lugar onde acontecem coisas incríveis, surreais. Um lugar onde o natural e o sobrenatural se cruzam a todo instante. Mundos paralelos que se fundem numa só realidade.

Passou por aquelas bandas um peregrino, eremita, meio monge, meio santo. Dizem que veio lá da revolução do Sul. Todos o chamavam GENEROSO. *Tinha gente que punha a maior fé no Generoso, porque ele orava, curava doenças com chás de raízes, dava conselhos muito sábios.*

Um dia, desapareceu como por encanto. Ninguém mais o viu com sua panelinha mágica, seu oratório com imagens de Jesus, José e Maria. Aí começaram os boatos: que ele tinha virado fantasma, que ficava à noite, na beira do rio, horas e horas ajoelhado, os ombros cobertos com uma capa de couro.

À noite quando um cavaleiro passava por perto do rio, no escuro, sentia a traseira do animal abaixar, de repente. Se perguntasse: Que é isso? *Ouvia no cangote uma voz: Sou eu, o Generoso." O cavaleiro saía em desabalada corrida, sem olhar para trás, porque há muita coisa estranha no mundo.*

A casa de meu tio Pila era simples, de madeira, mas ampla, iluminada, bem feita, com uma grande varanda. Cachos de banana e espigas de milho pendurados nas pilastras. O banheiro ficava lá fora, a *casinha*. Banho era na base da bacia e do caneco. Um pouco constrangedor. A casa fora construída por um tal de ALEMÃO o Kurt. Era um tipo alto, louro, de olhos azuis. Um homem solitário, com dificuldade de comunicar-se em nossa língua. Mas que construtor! Como sabia trabalhar com ferro, serrote e madeira! Depois de muitos anos, ele já tinha morrido, descobriram que era nazista, um seguidor de Hitler, o *carrasco, o chanceler alemão, chefe do terceiro Reich. O espião a favor do movimento nacional alemão. Uniu-se a um grupo de operários e em breve encabeçou um crescente movimento, que deu origem ao Partido Nazista. Esse movimento era contra os judeus, contra os marxistas, contra os cristãos. Adquiriu um jornal, organizou uma seção de ginástica e esportes e adotou como emblema a terrível cruz suástica. Hitler passou a defender as ideias nazistas de solo e sangue, de raça dominante dirigida por uma elite. Achava-se um ser superior. Muita gente acreditou nessas loucuras que ele registrou num livro chamado* Minha Luta. *Crescia o número de deputados nazistas. Hitler virou ditador, que nem o Solano Lopez e deu início à organização do Estado nazista. Nazificou a juventude através de uma intensa propaganda cultural. Executou os inimigos do nazismo. Assumiu o título de Führer,* Líder, *e declarou-se senhor e guia do povo alemão. Instaurou o regime nazista e afastou os judeus-alemães dos postos de direção. Chamou os alemães de* arianos *e passou a exterminar os judeus. Hitler foi crescendo, ocupando territórios como Tcheco-Eslováquia, a Polônia, a Dinamarca, a Holanda, a Bélgica e a França. Seis milhões de judeus morreram nos campos de concentração e nas câmaras de gás, sofrendo igual sorte milhares de cidadãos dos países ocupados. Muitos generais não concordavam com as ordens monstruosas de Hitler e houve quatro atentados contra a vida do ditador, que foi ferido num deles pela explosão de uma bomba-relógio. Quando os russos avançaram sobre Berlim, Hitler estabeleceu seu quartel-general na Chancelaria. Suicidou-se com a mulher, Eva Braun, quando soube que havia sido vencido. Mas sua morte permanece um mistério. Ninguém encontrou vestígio de seu cadáver ou do de Eva Braun.*

Pois é, esse alemão, o Kurt, veio parar na fronteira, em Bela Vista. Que crimes não teria cometido na Alemanha Nazista? Ninguém soube. O certo é que era um homem solitário, bom construtor de casas de madeira.

A fotografia amarelada da matriarca Maria José lembra muito a poetisa Cora Coralina: olhos pequenos e inteligentes, nariz comprido, sorriso de lábios finos e enigmáticos. Mulheres que dispensam legendas, pois elas próprias são legendas de uma época e de uma história: Cora, um século de vida no interior de Goiás, à beira do Rio Vermelho, no Brasil cerrado, no Brasil coração; Maria José, um século de vida em Bela Vista, na fronteira, à beira do rio Apa, raia líquida que sinaliza limite, na extremadura do Brasil com o Paraguai.

Assim como Cora, Maria José era guia e mestra. Sua trajetória sofrida, sólida e estável, é um filme de costumes de psicologia e didática doméstica de antigas estações. Cheia de saúde e força, era sugada de um profundo enraizamento tribal e telúrico. Uma mulher-árvore como aquela mangueira de sombra majestosa que se erguia no quintal atijolado de sua casa, palco de tantos encontros, conversas, brincadeiras, vozes infantis, desfile de moças vestidas de noiva com véus e tiaras de flores de laranjeira. Sim, os filhos foram de sua mesma estirpe: receptivos no convívio, contadores de histórias como tio Pila, restauradores de crepúsculos.

Esta outra fotografia do álbum, a casa de Maria José, em frente da qual passei tantas vezes, num canto verde e quente do Apa, é uma construção típica daquela região confinada. Os degraus, as colunas da varanda, o pórtico quadrado remetem à Guerra do Paraguai, esse que foi o maior conflito armado da América do Sul. Onde estaria Maria José em momentos tão cruéis? Terá visto a soldadesca cruzando aquelas terras rumo aos morros de Aquidauana, famintos, andrajosos, atingidos pela cólera morbo? Terá ela sido testemunha das histórias de sangue, violência de bandoleiros e isolamento, que ouvi contarem na minha infância, os olhos grudados na chama da lamparina? Onde se refugiara? O certo é que era alma purificada nas lutas e sustentada na fé. Rendida a Cristo, preocupada em ajudar os pobres. Agradava os sacerdotes, com um doce, um bolo com café, uma palavra de quem conhece o valor dos ritos, dos gestos, dos vínculos de seu grupo social. O seu centenário foi celebrado por todos. Marcou o caminho de tantas pessoas, apenas com a lucidez de sua existência. Tirou sábias lições do seu cotidiano e do murmúrio do vento nos bambus flexíveis vergados sobre o rio. Grandeza de mulher desafiando a sucessão de anos, dias e horas, formando em torno de si o mito de quem guarda mistérios, segredos profundos.

Minha bisavó Maria José se parecia com Cora Coralina. É fato. Amo as duas. Amo com melancolia pura o fim, a linha tênue da bruma da fronteira. Para ela, oferto os versos de Cora, respondendo à pergunta de onde vinha a sua poesia: "Ela cascateia há milênios./ Minha Poesia... Já era viva e eu, sequer nascida./ Veio escorrendo num veio longínquo de cascalho./ De pedra foi o meu berço./ De pedra têm sido meus caminhos./ Meus versos: pedras roladas no rolar e bater de tantas pedras."

Numa noite em que as rãs coaxavam como nunca, anunciando chuva, tio Pila contava histórias. Não sabia se eram verdadeiras as histórias dele, mas tinha fascínio por elas. A julgar pelas contorções da face enrugada do tio, o mundo era fantástico e ele uma testemunha viva de mitos e fatos dramáticos. Os bandoleiros da fronteira eram tema constante:

Silvino Jacques, por exemplo, foi um criminoso violento por tendência, temido, um herói sertanejo, sedutor, chegado na sanfona e no vinho, bom atirador, uma espécie de Lampião de Mato Grosso, essa terra onde a única justiça era o revólver 44. Silvino nasceu em São Borja, no Rio Grande do Sul, afilhado de Getúlio Vargas. Como militar, participou da Revolução Constitucionalista de 32, do lado do padrinho. Começou a perseguir os paraguaios radicados na região sul e foi se deslocando para o oeste, até chegar por aqui, à beira do Apa. Colocou-se a serviço dos latifundiários. A princípio, teve apoio do Exército, armamento e em breve se tornou um bandoleiro perigoso. Acostumou-se às rodas de tereré, tomando erva-mate na guampa, absorvendo a língua, os costumes, os hábitos da nossa gente. Tinha uma companheira, a Raída. Morreu nos braços dela, acertado por uma bala de fuzil do delegado da captura, o Orcírio dos Santos. Tinha só 33 anos. Foi perto do Ribeirão Prata, na invernada do Triunfo, sabe? Mas também passavam outros bandos organizados, como os bochincheros, os quatreros, liderados pelos Flores, pelos Pacas, pelos Baianinhos e Galbas, todos acaostumados a assaltar, matar e roubar as mais belas chicas.

Nesse ponto, ele arrematava com um caso mais próximo da nossa família:

Minha irmã Matilde e o marido eram muito meus amigos, meus compadres. Compraram uma casa, num sítio vizinho. A Matilde não queria de jeito nenhum ficar na casa, tinha pesadelos, pressentimentos. Uma tarde, quando abriu a janela, deu com aquele bandido famoso, o Argemiro Leão, guarda-costas do Silvino Jacques, de calça cáqui, cartucheira de balas cruzadas no peito, passeando a cavalo devagarinho, na frente do portão. Sentiu calafrios: Não fico nessa casa nem mais um instante. Quando o marido chegou, ela já estava com tudo pronto para a mudança. Na mesma noite tomaram rumo da fazenda Esperança, pediram abrigo para o seu Atanásio. Não é que o Argemiro Leão foi perseguido, caçado pela jardineira, o carro da polícia e acabou morto, com dois tiros na cabeça, bem na porta da casa da Matilde? Com o baque do corpo a porta abriu, rangeu. Ficou estendido na soleira.

Neste ponto, tio Pila olhava para mim, como para avaliar o efeito de seus casos no meu coração de menina atenta:

Argemiro Leão e Silvino Jacques receberam um contato do Rio, um alemão de nome Agrícola, que chegou no acampamento. Dizem que era um elo de ligação com os comunistas. Bem, essa já é outra história...

O que tio Pila não soube nunca é que mais tarde, o bela-vistense Brígido Ibanhes (1947), brasiguaio que transita entre os dois países, escrevendo sobre lembranças, cultura e língua guarani, memórias da convivência entre grupos migratórios, lançou o livro *Silvino Jacques: o último dos bandoleiros*. A obra foi apreendida por decisão judicial um pouco antes da noite de autógrafos e liberada anos mais tarde, tornando-se um clássico da nossa literatura.

Verdade, tio Pila, ele ainda escreveu *Chão do Apa* e *Nunca-te-vi*. O senhor teria gostado... penso lembrando daquelas noites chuvosas da fronteira.

O primeiro homem branco europeu que viu o Pantanal foi o conquistador espanhol Álvar Nuñez Cabeza de Vaca.

Entre 1420 e 1620, os europeus aprenderam que todos os mares eram um só, e que os navegantes, tendo navios, canhões, habilidade e coragem, poderiam percorrer a costa oceânica. Empreenderam, então, o reconhecimento marítimo, o aperfeiçoamento das técnicas que permitiam longas viagens e investiram na exploração. Traçaram o mapa do mundo que conhecemos e deram início a uma história tão dramática quanto complexa.

A Europa, durante a Idade Média, era um compacto mosaico de Estados prósperos, independentes, concorrentes e cobiçosos, na corrida por poder e riqueza. Quando Portugal tomava a frente, a Espanha acompanhava, a França invejava e a Inglaterra intervinha. As principais potências de exploração foram Portugal e Espanha, peritos em cartografia e navegação, experimentados em lições na área do comércio muçulmano, que englobava o Levante, a Índia e a África do Norte. Não é surpresa que Portugal e Espanha fossem os primeiros países a se empenhar em uma política de descoberta. Ambos os países tinham uma posição perfeita para aproveitar os ventos constantes, que levavam os navios pelo Atlântico. Ambos foram os competentes instrumentos do movimento de exploração, e a Itália, de letrados marinheiros, seu cérebro sutil. As duas potências ibéricas tentavam guardar segredo sobre suas aventuras. Mas os mercadores estrangeiros, em Lisboa e Sevilha, viam as embarcações retornando carregadas com especiarias, marfim, sedas, corantes e escravos. Romperam caminho através do mundo, sem encontrar, em nenhum lugar, a mesma competência ou uma ideologia em que se apoiasse uma resistência.

Foi nesse contexto, que, em 1488, nasceu, em Jerez de la Frontera, Espanha, o conquistador Álvar Núñez Cabeza de Vaca. Fazia parte de uma família nobre, tendo acesso à educação e à Corte. Filho de Francisco de Vera e Teresa

Cabeza de Vaca y de Zurita (pela tradição espanhola, o sobrenome materno é colocado depois do sobrenome paterno), e neto de Pedro Vera. “Cabeza de Vaca”herdou o título e o brasão de um antepassado, pastor de ovelhas. Esse pastor ajudou o rei cristão, Afonso VIII, na Batalha dos Navas de Tolosa, a vencer o exército mouro, sinalizando o território inimigo com um crânio de vaca. O rei lhe deu, então, o título nobiliárquico de Cabeza de Vaca. Aos quinze anos, Álvar se tornou soldado, “cavalheiro”, a serviço do Duque de Medina Sidônia, tendo, como inspiração para a carreira militar, seu avô. Trilhou esse caminho por vinte e cinco anos, encerrando esse ciclo de sua vida em 1522.

Cabeza de Vaca partiu para a América como tesoureiro da esquadra comandada por Pánfilo de Narváez, em 1527. Álvar antevê seu destino: é a América: a Flórida, o México, o Paraguai, o Brasil, a Argentina, Assunção, matas e cataratas sem nome, fora dos mapas. A esquadra partiu para o Novo Mundo. Deus e Mamom trabalharam lado a lado .A travessia marítima era assustadora e dramática: os tripulantes sentiam pavor dos temporais violentos.

Em 1528, Álvar desembarca na Baía de Tampa, Flórida. Ele era um dos vinte e dois sobreviventes de uma expedição de 600 homens. Narváez adentrou o continente em busca de ouro, resultando em grandes baixas. Estavam perdidos. O Novo Mundo era inóspito e cruel com os invasores. Em pequenas embarcações, chegaram ao México, ao golfo do rio Mississipi, onde enfrentaram um tornado que dispersou a tripulação. Narváez desapareceu. Todos acabaram capturados, escravizados ou mortos por diversas tribos indígenas em seus rituais. Restaram apenas Andrés Dorantes de Carraza, Alonso del Castillo Maldonado, o marroquino Estebanico, um negro árabe e o próprio Álvar Cabeza de Vaca, que conseguiram fugir para a Cidade do México, de onde Cabeza de Vaca pôde retornar à Espanha, em 1537.

Cabeza de Vaca explorou o território ocupado, hoje, pelo Estado do Texas e os estados mexicanos, como Tamaulipa e Novo Leão, conquistando, graças a seu carisma e inteligência, a simpatia das tribos indígenas. Impossível traçar o percurso feito nesse período por Cabeza de Vaca. Ele só fez suas crônicas de viagem depois de regressar à Espanha, relatos feitos de memória, com erros tanto cronológicos como geográficos.

Naquelas longínquas paragens, percorrendo as distâncias a pé, Cabeza de Vaca deparou-se com o *Grand Canyon*, no Arizona, Estados Unidos. Deslumbrou-se com as paisagens impressionantes e as corredeiras caudalosas do rio Colorado. O rio cortava as rochas, formava canais. O vento embalava os penhascos. Raios de sol pintavam de mil cores os arcos e as montanhas. Pela primeira vez, se viu, frente a frente, com um bisão, um búfalo americano no meio da pradaria, um estranho boi, pesado, peludo, força selvagem para o bem e para o mal.

Após o naufrágio, Cabeza de Vaca se encontra com um grupo de viajantes, entre eles, os já nomeados sobreviventes, Andrés Dorantes e Alonso del Castillo. Supõe que estivesse livre e que poderia chegar ao México. Porém, afastou-se do grupo e tornou-se escravo por mais de um ano de uma tribo de índios. Realizou tarefas árduas, colhia raízes no fundo do rio e arrancava a cana. Fugiu para outra tribo vizinha: os charrocos. Em 1533, junto com Lope de Oviedo, ele deixou a ilha. Passaram novamente a viver como escravos. Em 1534, já com fama de curandeiro, Cabeza de Vaca foi para a tribo dos avavares. Tornou-se curandeiro por imposição dos índios, desesperados. Diziam que, se os espanhóis não os tratassem, morreriam de fome. Diante das pressões, Cabeza de Vaca recorria a preces e clamores a Deus. Para os indígenas Cabeza de Vaca tinha o dom da cura, era uma espécie de feiticeiro branco irradiando luz. Pela misericórdia divina, os índios acabavam, por fim, sendo curados.

Cabeza de Vaca também foi escritor. Escreveu *Naufrágios* a partir de suas lembranças e rico imaginário. Em seu relato, narrava ao rei de Espanha as maravilhas do Novo Mundo, as gigantescas cidades maias por onde passou, contando suas peripécias. Era casado com Maria Marmolejo. Há poucas referências a ela. Símbolo das mulheres que ficavam sozinhas para que os companheiros se aventurassem ao mar.

Após ser nomeado governador da Província do Rio da Prata e do Paraguai, Cabeza de Vaca voltou à América em 1540, com destino a Buenos Aires. Desembarcou em terras-pertencentes ao Brasil, na Ilha de Santa Catarina, com 250 homens e 26 cavalos, iniciando uma jornada pelo antigo caminho indígena de Peabiru, até chegar a Assunção. O Peabiru era um caminho mágico. Pela trilha, índios subiam com sal, conchas, penas de pássaros e voltavam com reluzentes vasos e diademas. Ramal aberto com rabo de tatu, estrada real onde brotavam pequis e guaviras. Tomou esse caminho e não olhou para trás, rumou pelo sul em direção ao mato e não parou mais. Ficou extasiado diante das Cataratas de Iguaçu. Foi grande o choque de beleza grandiosa, as centenas de cachoeiras, as massas de espuma em fios e gotas sobre os rochedos, as nuvens líquidas de fumaça. Ajoelha-se diante daquela vista. Um índio o imita. O espanhol teme que desçam dos céus anjos envoltos em chuvas de prata.

Em Assunção, como político, Governador do Prata e do Paraguai, Cabeza de Vaca sofreu perseguições e traições. Inimigos o acusaram de crimes terríveis. Ele apenas desejava que os nativos fossem tratados decentemente. Foi preso, processado, exilado em África. Todos os seus sonhos acabaram em intriga e dor. Antes de chegar a Assunção, descendo o rio Paraguai por afluentes que se abriam como leques, Cabeza de Vaca passou pela região do Pantanal, no sul do Estado de Mato Grosso e, vendo as lagoas, baías e pântanos, imaginou se tratar de um mar, de um pedaço de continente e chamou-o de Mar de Xaraiés. Aqui e ali, crânios, cerâmicas, botes dos donos do rio, os índios xaraiés. "Maravilhoso Mar de Xaraiés!", exclamou Cabeza de Vaca, tonto diante do desconhecido, descendo do convés de seu navio.

Foi grande o embate entre Cabeza de Vaca e a etnia dos índios guaicurus, exímios cavaleiros, que habitavam a margem ocidental do curso médio do rio Paraguai. Os guaicurus domavam cavalos, montavam de lado, presos às crinas, galopando ao sol. Aliados aos canoeiros paiaguás, os guaicurus resistiram fortemente à povoação do Pantanal. Atacaram Assunção pelos flancos, saqueando estâncias dos espanhóis.

Em 1542, Cabeza de Vaca assumiu o cargo de governador em Assunção. Os guaranis, aliados dos espanhóis, exigiram guerrear contra os guaicurus, que iam destruindo as roças e as plantações. Foi, então, realizada uma expedição para punir os guaicurus. As relações entre os guaicurus e os espanhóis passaram a ser violentas. Somente mais tarde, em 1678, os espanhóis obtiveram a vitória contra os guaicurus, que migraram para terras mais ao norte.

Em 1555, após o retorno de Cabeza de Vaca à Europa, seu secretário, Pero Hernandez, escreveu uma obra denominada *Comentários de Álvar Nuñez Cabeza de Vaca*, descrevendo suas peripécias como Governador da Província do Rio da Prata e do Paraguai.

Cabeza de Vaca morreu pobre e esquecido, em Sevilha, entre 1558 e 1560, um final bastante melancólico e triste. Do passado de aventuras homéricas restaram o fascínio, os feitos de um homem do seu tempo, um polêmico andarilho das Américas, que palmilhou o Pantanal.

O Grupo Acaba, canta-dores do Pantanal, planeja um musical sobre essa figura extraordinária que foi o Cabeza de Vaca. Quanta história, quanta parceria temos feito com esse grupo de música regional de raiz, que marcou a identidade cultural de Mato Grosso do Sul. A ecologia, o índio, a fronteira guarani, a fauna e a flora, o homem pantaneiro, tudo está presente em poesias e canções como: "Ciranda Pantaneira", "Kananciuê", "Pássaro Branco". Aprendemos que carandá é uma planta, um coqueiro do Pantanal, de sua folha saem abanicos e esteiras. Que o rio é lugar dos camalotes nas águas e dos frutos do tarumã pelas margens.

Que as lagoas ficam cheias de marrequinhas apanhando peixes, tuiuiús e garças de penas brancas sobrevoando no espaço. Que os índios se pintam com jenipapo e urucum e fazem flauta do rabo de canastra. Que a vida se estendia em silêncio e meditação pelos mares de Xaraés.

Percorri muitas vezes o Pantanal de trem. Nasci em outra civilização. Tenho alma ferroviária. Minha cidade era entrecortada pelos trilhos da Noroeste do Brasil. Seu traçado ia de Bauru, São Paulo, até Corumbá, fazendo integração com a Bolívia. O Trem do Pantanal ou Trem da Morte levava passageiros a Santa Cruz de la Sierra. Um dia, de repente, removeram os trilhos dos cruzamentos do centro comercial. Restou apenas uma linha turística que faz o trajeto Campo Grande, Aquidauana e Miranda.

Vivi o apogeu da Noroeste. O trem penetrou no meu imaginário, serpente de ferro rangendo. Lembro-me do saguão da estação. O relógio com seu enorme quadrante marcando o tráfego dos trens, organizando as rotas, nivelando as vidas e os destinos de forma implacável. O embarque era o ponto de partida; a fronteira, uma direção possível. As pessoas carregavam ponchos coloridos, pacotes, chapéus, mantas, cestas, baús, enfim, todos os bens e objetos indispensáveis para a travessia americana. No coração e na mente levavam o equipamento mental do passado: as forças, as lembranças, as trôpegas esperanças. No percurso eram distraídas pela paisagem de camalotes, pelos charcos, pelos bichos que saltavam espavoridos à passagem do monstro modorrento. Era um trem esquálido, esqueleto de aço chacoalhando, compondo um réquiem para algum pássaro morto. Era um trem fantasma que se diluía na bruma com sua carga preciosa de história e poesia. Ainda ouço como um hino a canção de Geraldo Roca e Paulinho Simões: Enquanto este velho trem atravessa o pantanal, as estrelas do cruzeiro me fazem um sinal de que este é o melhor caminho pra quem é como eu, mais um fugitivo da guerra."

O Pantanal é a maior reserva ecológica do mundo. Milhares de espécies da FAUNA convivem em meio a uma flora fantástica, magicamente distribuída nos territórios de Mato Grosso e Mato Grosso do Sul. No Pantanal há dois períodos distintos: o das águas ou das chuvas que muitas vezes alaga, engole terras, isola o gado, que morre com os cascos moles e o das secas, onde há espetáculos de indescritível beleza.

A fauna é opulenta, milhões de animais, diversidades de espécies se multiplicam e formam ninhais à beira das lagoas, corixos e vazantes. Um artista sul-mato-grossense não consegue deixar de se sensibilizar diante desta verdadeira epifania e colocá-la em sua obra.

A sucuri causa medo e espanto. Porejada de rio, orvalhada de relva, iluminada de raios, deslizando como uma estrada, uma avenida feérica pela madrugada.

Andávamos, meus primos e eu, rumo à cachoeira do Peripucu, um afluente do Apa. Verinha ia na frente, colhendo campânulas roxas. O pântano mole, pisoteado de cascos, ficava forrado de borboletas amarelas. Valter mostrava os pés de caraguatá, semelhantes e abacaxis, arrebentando no solo seco. Cuidado pra não pisarem, dizia ele, procurando caminhar na picada feita à foice e facão.

Lá embaixo explodia o véu de noiva da cachoeira. Toda cachoeira é um véu de noiva. Vapores sobre pedras negras. As crianças se atiravam entre peixes e seixos, rolando como troncos.

Valter alertava: Tô sentindo cheiro de sucuri. Era aquela gritaria. A meninada escalando as barrancas.

– *Você já viu sucuri, Valter?*

– *Claro, é uma cobra enorme, verde-oliva, com manchas escuras, barriga amarela, cabeça com escamas. É capaz de triturar os ossos de um boi inteiro.*

– *Você está sentindo o cheiro dela?*

– *Ela vem resolvendo o fundo do rio, que solta um cheiro forte de lama. Conheço cheiro de sucuri de longe.*

Passado algum tempo de suspense: *Brincadeira, não tem sucuri hoje, não.* Voltávamos todos aliviados à correnteza do rio.

A garça branca, com as asas abertas em leque, era um espetáculo de graça. Mergulhava no limo vegetal-aquático; revoava no limite anil-ferrugem. Parecia feita de pluma ou de nuvem. Bailava ao pôr-do-sol. Ave, garça! Saúdo tuas longas penas de solidão. Ave, garça, feita da matéria do sonho. Clássica, clara, esticada, tensa, meditando o Pantanal.

O jaburu ou tuiuiú é ave símbolo destas imensidões. Parece tristinho, jururu, com seu pescoço enorme, preso numa coleira vermelha de fogo que lembra uma ferida, uma crista de galo ou um pedaço de carne exposta. As asas convexas, imensas, de um branco sublime de gomos e penas. Fica pousado nas flores roxas dos camalotes, nesta estação de melancolia. Gostaria de lhe dar um afago, um carinho, pois sinto que suspira, suspenso entre o pântano e o azul.

Como são estranhos os jacarés! Lagartixas gigantes, crocodilos pré-históricos, samurais encouraçados do rio. Os olhos brilham no escuro, submersas lâmpadas acesas, faróis nas carapaças duras.

Apareceu um jacaré no Peripucu. As crianças foram proibidas de nadar no rio. Valter secretamente decidiu: Vou pescar esse jacaré. Pegou o bofe da vaca carneada, enfiou num gancho e preparou uma armadilha, com ele pendurado numa vara grossa. À noite, o sonso do jacaré engoliu a isca. Ficou horas se debatendo, mexendo o rabo rijo de um lado para o outro até a morte.

Valter exultou de alegria, enquanto os peões cortaram o rabo do réptil e colocaram para cozinhar a carne branca e gordurosa.

Por que os meninos são assim? Gostam de caçar e pescar, sacrificar vítimas, esfolar, esquartejar, salgar, derramar sangue na água. Para os meninos o mundo é um jogo bruto de faca e bainha, de vara e cesto. Meninos caçam e pescam em todas as tribos, em todos os sonhos. Esse é o sentido da vida deles, o seu vigor. Pescaria e caçada com gosto de aventura e rastro de morte. Meninos caçam e pescam.

A onça-pintada é uma predadora às voltas da criação do gado. Muitas vezes é caçada pelos fazendeiros como retaliação a seus enérgicos ataques na madrugada.

Sempre houve fascínio pela onça-pintada, símbolo de força e poder. Os maias acreditavam que ela facilitava a comunicação entre vivos e mortos, protegia o reino espiritual. Os astecas cultuavam a pantera como animal totêmico do poderoso deus Tezcatlipoca, que acompanhava os guerreiros vestidos com pele de onça, padrão de manchas fantástico de rosetas amarelas e pretas. Para esses povos, na selva, em meio ao som de tambores, levantava-se o espírito do jaguar, o senhor das montanhas que alimentava suas entranhas do sol negro do crepúsculo e da estrela d'alva. O deus-jaguar, o jaguar-homem, que saltou com garras e olhos de jade sobre o vale americano onde jaz a raça índia.

Há tanto mistério nessa fera robusta, musculosa, atarracada, capaz de rastejar, nadar, escalar. Vem a passos lentos e macios, preparando emboscada, atacando a vítima por cima, por um ponto cego, arrancando com os dentes cérebro, ossos e cascos.

Houve o caso contado por Monteiro Lobato, no livro *Cidades Mortas*, do sertanejo apelidado "Resto de Onça", um caboclo magro, sem o braço direito, sem um olho, sem um pedaço da cara. Horripilante e cheio de cicatrizes. O narrador pede a Resto de Onça que conte sua história. Ele a narra numa linguagem atraente, retratando com fidelidade a fala regional. Contou que na fazenda de um tal coronel Eusébio havia uma onça-pintada matreira, que atacava o chiqueiro dos porcos. Prepararam então uma caça ao felino com vários cachorros onceiros, entre eles o Brinquinho. Resto de Onça se afastou dos companheiros e, de repente, sentiu uma patada de unha nas costas. O que o salvou foi a coragem do Brinquinho. Chegou então um outro caçador, o nhô Vadô, sogro de Resto de Onça, que ficou paralisado de medo, sem fazer nada para ajudá-lo. Resto de Onça conseguiu pegar a espingarda e introduzir o cano dentro da boca da onça. Depois, apontou para o lado do sogro e o matou de raiva. Virou resto de onça, caco de gente.

A onça também pode ser parda ou preta. No livro *Martim Cererê*, de Cassiano Ricardo, ponto alto da corrente verdeamarelista, epopeia nacional em que índio, negro e branco tomam posse do território e formam um novo país, a onça preta é figura cosmogônica, parte da gênese mítica do povo brasileiro. É ela que come o sol, símbolo do português; come a arara, o elemento indígena e traz a noite escura que estava escondida no centro do fruto de tucumã. Para mim, onça verdadeira é jaguaretê, é a onça-pintada do mato de minha terra.

O cuiabano João Sebastião elegeu a onça-pintada como seu ícone preferido. Seus quadros são impactantes. Do chão da floresta brotam onças-pintadas, salpicadas de solidão e silêncio. Onças entalhadas em pedras, moringas, sarcófagos, escapando da boca de vulcões. Alta potência expressiva. Já as onças de Lúcia Martins Coelho Barbosa, de Campo Grande, têm textura nos pelos, olhos de esfinge. E o fotógrafo de Florianópolis, o viajante e andarilho Araquém Alcântara, soube capturar com suas lentes instantâneos do focinho à cauda ereta da onça-pintada à beira de um rio de areias douradas, coalhado de peixes. Arte e onça-pintada combinam muito com elegância, ecologia e dramaticidade.

Quando lembro da fauna pantaneira, imagino-me numa chalana, atravessando o rio Paraguai, admirando onças, veados, antas, porcos do mato, guarás, lontras, queixadas, raposas, capivaras, pacas, quatis, cutias, bugios, tamanduás, gambás, jacarés, jaburus, tatus, quero-queros, urubus, socós-boca-d'água, colhereiros... Que louvação cósmica.

Camalotes e Guavirais é o título genial de um livro de crônicas de Ulysses Serra, publicado em 1971. Por que "Camalotes e Guavirais"? Explica o autor: "*Camalotes dos verdes e infindáveis pantanais de Corumbá e guavirais destes dilatados chapadões*" . Eis aí: uma homenagem às cidades de Corumbá e a Campo Grande. São crônicas espontâneas e elegantes, que "*evocam pessoas e coisas, árvores, riachos, pedaços de rua, naves de igreja, sussurros do Prosa e do Segredo*".

Parece que foi ontem aquela noite de autógrafos, no saguão do Hotel Campo Grande. Eu era uma adolescente de catorze anos, mas já sentira que escrever era minha forma de ser e estar no mundo. Guardo a dedicatória encantada: "*à Raquel Carvalho, garota de inteligência e charme, neta dileta de um velho amigo de minha mocidade, Carvalhinho, estes pedaços de guavirais dos nossos imensos chapadões e de camalotes dos nossos belíssimos pantanais*".

Sim, aquela noite foi um marco em minha vida e na de Campo Grande. Campo Grande não era mais uma cidade apenas voltada para o comércio, para as lojas de turcos, para o abate do gado, era uma cidade marcada para as coisas do espírito, para o mistério da palavra e da criação literária. Essa notícia corria de boca em boca, fervilhava pelos trilhos do trem, explodia pelas mentes dos intelectuais, dos poetas, dos amantes da literatura.

Os camalotes são tufos verdes e tuberosos, com buquês de flores lilases. Na cheia do rio Paraguai boiam como canoas levadas pela correnteza. Conjunto de leques duros, que se dissolvem no silêncio. A malha fina de raízes apanha peixes, escamas, pés delicados de pássaros que pousam. As pequenas ilhas vegetais navegam sem leme rumo à foz, à pedra, ao mar que espreme e espuma. São símbolos de uma cidade: Corumbá, a Cidade Branca. Quantas vezes desci pisoteando o chão de paralelepípedos, encostada à muralha caiada de branco, até o Porto Geral de Corumbá? Sempre um deslumbramento: o casario histórico, o antigo armazém, a plataforma do cais. Fechava os olhos e imaginava o fervilhante movimento do passado. A riqueza, o progresso, os migrantes, a cultura da Europa e do Rio de Janeiro circulando pelas águas da Bacia do Prata. Os empórios, entre eles o Naveira&Congro, lotados de mercadorias que iam de sal e querosene a ferragens grossas; os bancos tilintando moedas; o cheiro acre dos curtumes; os imponentes transatlânticos. Restam apenas alguns barcos de pescadores, algumas chatas e empurradores de grãos. Essa mesma paisagem da margem direita do Rio Paraguai, que já foi solo de índios, de portugueses, espanhóis e árabes; que conheceu a glória da navegação, transformou-se com o abandono e a decadência. A melancolia de um vermelho cor de fogo, que ameaça o Pantanal, toma conta da minha alma. Afinal, um porto é, antes de tudo, um sentimento.

Foi com essa impressão que o poeta português Fernando Pessoa (1888-1935) escreveu "Ode Marítima": "Ah, todo cais é uma saudade de pedra." Que bela metáfora! "Saudade de pedra". O chegar e o partir da criatura amada; o pêndulo entre a aventura e o tédio. O medo ancestral de se afastar demais, de singrar sem rumo, de afundar a caminho da foz, em alto mar. Mas um barco não foi feito para ficar preso por aquelas cordas que parecem jiboias vivas. Nem paralisado ao sol, com o casco refletido no espelho líquido, com a âncora enfiada no leito lamacento do rio. Entre a corda e o barco fica sempre uma distância de angústia e névoa.

Continuo lembrando do poema e me questionando: quem sabe se não partimos de outra espécie de porto, de um cais anterior, eterno e divino? Construímos nossos próprios cais e porto? Temos curiosidade de alcançar portos misteriosos sobre a solidão dos rios?

Sinto de repente um enjoo, como marinheiro a bordo de um navio, há meses sem ver sinal de terra. Nasci para ser livre e aventurar-me, mas preciso tanto de aconchego, de paz, de estabilidade, de porto seguro. É este o tempo e o lugar para atracar? Ou prossigo a viagem? Por que penso sempre nisso?

Subo a ladeira. Busco a copa das árvores, pois o calor é abrasador, sufocante. É quase hora do crepúsculo. Cumprimento um homem que se sentou com seu cão numa nesga de penumbra. Que jornada perigosa é a vida. Devemos nos mover contra ou a favor dos ventos? Quantas dores. É mesmo indestrutível a infelicidade dos homens.

Aquele barco no cais do porto poderia ter me levado numa longa travessia. Tremo toda. Haveria prazer em me deixar conduzir pela correnteza, certa de que não naufragaria em meio aos camalotes de flores lilases. Que avançaria em direção à luz. Mas voltei ao silêncio de meu quarto escuro, nesta terra de fronteira.

A guavira é uma frutinha rasteira, de casca verde, polpa amarela, espécie de uva indígena, misto de selva e sumo doce. Os guavirais estendiam-se pela orla de Campo Grande, saltavam dourados, semeados pelo vento. Havia trilhas para os que vinham colher guavira. Alguns enchiam cestas, chapéus, as mulheres aproveitavam os aventais ou as rodas das saias. Ninguém parecia se importar com o sol de verão, tinindo de mormaço, secando as cascas cheirando a bagaço. O pôr-do-sol descia como um manto de sangue suave e, nesta hora, mágica e morna, os corpos quedavam para o amor silvestre, viscoso como o mel das abelhas. Diziam que ir no campo catar guavira era o convite generoso e fecundo desta terra de cerrado.

Vi-me de novo criança no sítio do Nunca-te-vi. Era verão. O sol quente parecia cuspir fogo como um dragão. Os feixes de arroz eram cortados a foice. Uma trilha nos levava ao córrego, um riacho frio que fluía entre as pedras. Iolanda, filha mais velha dos caseiros, ia à frente, com a trouxa de roupas. Tinha cabelos crespos, olhos verdes e o ar de camponesa rude que conhece os segredos da terra e seus perpétuos reinícios. Passamos pela roça de melancias. A planta de caule mole subia pelo arame farpado, retorcia-se pelo chão como uma serpente, envergava-se ao peso volumoso dos frutos de casca listrada e luzidia. Eu olhava aqueles frutos com satisfação, maturando projetos na minha vida de sonhadora. Aqui e ali, no solo seco e arenoso, na erva trepadeira, sempre renascida, brotavam flores amarelas. Iolanda agora carregava roupa e melancia pelo caminho. Chegamos ao córrego, onde uma tábua servia de tanque e escorregador. Penetrávamos na água sem espuma, os pés na lama, como se entrássemos num corpo de alma úmida. Éramos donzelas e os peixes sumiam.

Contei para Iolanda aquela história do Américo Pisca-Pisca, que Dona Benta, do *Sítio do Picapau Amarelo*, narrou à travessa boneca Emília para dissuadi-la de querer reformar a natureza. Américo Pisca-Pisca tinha o hábito de colocar defeito nas coisas. O mundo para ele estava todo errado. O pomar era prova disso: a jabuticabeira enorme dava frutas pequeninas e as colossais melancias eram presas ao caule de uma planta rasteira.

Américo resolveu tirar uma soneca, à sombra da jabuticabeira. Dormiu e sonhou com um mundo novo reformado por suas mãos. De repente, uma jabuticaba caiu e se esborrachou no seu nariz. Américo despertou, meditou sobre o caso e reconheceu que o mundo não era tão mau: Se o mundo fosse arranjado por mim, a primeira vítima teria sido eu, morto por uma melancia. Iolanda riu, pisca-piscou:

A natureza tem cada uma. Às vezes o vento e os pássaros enxertam as plantas. Por isso é preciso tomar cuidado. Nunca plantar melancia perto de porungo, aquele fruto seco como coco. A melancia mofa. A cabaça enche d'água. Melancia é bom perto do córrego e porungo, longe. Melancia é suculenta. Porungo é duro, feito para guardar mel de abelha. Melancia tem polpa e porungo fibra. Porungo vira cuia de chimarrão e tereré. Chocalho de índio. Melancia a gente corta em fatias e devora na boca. Cada coisa tem sua serventia.

À noite, lá, no meu passado, a Iara saiu do córrego, recostou-se na tábua e ficou chupando melancia.

Convivendo com essa natureza vive o boiadeiro-pantaneiro. O boi tem olhos ingênuos, caminha sereno pelos pastos da morte ou pelos campos do Pantanal. O boiadeiro marca seu pelo com brasa, levanta o arame farpado, atrela o arado e abre a terra, abre fundo até sangrar poeira, arrebentar estrias na terra vermelha. O rio tem olhos de índio, flui por entre as tribos e as fogueiras dos forasteiros. O pantaneiro aguarda o limo, joga as sementes no musgo e vê a sementeira explodir pelas margens. A tarde tem olhos de garça, traz nas plumagens das nuvens a tintura rósea do pôr-do-sol. O boiadeiro-pantaneiro deixa o coração de fora, sulcado de limo e lágrimas na sementeira de um amor sofrido. A noite tem olhos de jacaré que brilham como vagalumes na água, como submersas lâmpadas acesas. O pantaneiro-boiadeiro sente a espessura do mato, os cheiros e as crenças, na fibra escura da natureza. Olhos de bois, de índios, de garças, de jacarés, de onças, espreitam o homem que é boiadeiro, que é pantaneiro.

No bioma pantaneiro vivia também aquele índio, que migrou para a cidade grande. Ele me disse assim: "Isso tá acontecendo, moça, parece simples, mas não é, sair da aldeia, vir para a cidade grande que nem formigueiro de saúva, de trilhos tortos, respingados de luzes, a terra vermelha coberta de piche e asfalto. Índio chegou cansado, não sabia o que fazer, para onde ir, olhava para a família, tinha dó. Pra roça não dava pra voltar, não dava o que comer, sem dinheiro, sem patrão pra quem trabalhar, começava uma tristeza, uma tristeza que não saía, que nada consolava, nem pai, nem mãe. Antes de pegar a corda e correr pro mato, antes da doença segurar, antes de virar sapo, guará, tatu, minhoca, bicho de chifre, melhor mudar, tentar algo em troca da ideia fraca. Plantei mandioca, fiz um barraco de tábua pra servir de oca, tirei o osso de onça parda da orelha, pendurei a flecha sagrada, a flauta de bambu, o tacape de aroeira, o chocalho de unhas de anta e nunca mais pintei meu corpo de urucum e carvão, nem enfeitei a cabeça com penas de arara. Minha mulher, formosa como uma seriema, soca massa de milho, envolve em folha de bananeira, assa o bolo na fumaça. A onça, que era dona do fogo, sumiu pelas chaminés cinzentas. Ter vindo para a cidade grande foi melhor que matar alguém ou me matar ou ser morto. Quem se mata não tem caminho. Nosso corpo é vento e se a gente não se domina não tem paragem. Morre-se por foice, machete, arma de for. Corre esse negócio de bebida, índio fica violento, vira selvagem. Tá difícil, moça. Tá difícil resolver nosso causa, a vida vai de mal para pior. Tem que rezar forte, iluminar forte, pisar cobra e toco, esperar o arco-íris, por cima do arranha-céu. Tá difícil, moça. Exigem que eu fale uma língua estranha, que não falo. Que cale tudo que vi e que sei. Tentaram me tirar a palavra, a língua que nasceu comigo, no colo da minha mãe. É com ela que dou nome às plantas, às flores, aos frutos, aos bichos, aos rios, às pontes, à roça. Com ela sou o que falo: guarani."

Ouvi o lamento do índio, sua dor e me transportei para o mistério primordial das palavras. Bebi da fonte de um mundo guarani. Tenho na alma fragmentos das lembranças da fronteira. Fiquei para sempre encantada, fosforescente como uma açucena branca.

Palavras em Tupi-Guarani por João Antunes

Sabemos que quase uma quarta parte do vocabulário brasileiro tem sua origem em palavras tupi-guarani. Muitos nomes, topônimos, existem na nossa região. Convivemos com elas diariamente e nem sempre temos a noção exata do seu significado. A maioria destas palavras pesquisei no livro Vocabulário Guarany, de autoria do Major Quirino Nunes Pereira, livro este editado em 1922 pela Casa Editora Papelaria 5 de Maio, cuja redação foi do Monsenhor Estanislau Wolski.

O livro Vocabulário Guarany é o resultado das andanças e testemunho "in loco" do Major Quirino em suas cruzadas pelas Missões entre os anos de 1892 e 1895. Este livro (uma raridade) encontra-se exposto no Museu Paulina Alves Pereira, de Bossoroca – RS. Foi respeitada a grafia tal qual está no livro. Além das palavras do livro foram pesquisadas outras, pois grande parte do vocabulário brasileiro tem sua origem às palavras empregadas pelos nativos.

Abaeté: gente boa.
Abaetetuba: lugar cheio de gente boa.
Amanbaé: lavoura da família.
Anhembi: rio dos pássaros Nambus.
Aracaju: cajueiro.
Araguaia: rio das araras.
Araponga: pássaro grande.
Assuy: aguada grande.
Avaré: homem amigo.
Baipendy: descampado.
Bangu: rocha negra.
Batu: canavial.
Batuvy: cana verde.
Bauru: cesto de frutas.
Biboca: moradia humilde.
Bocaiúva: palmeira.
Butantã: terra dura.
Butuhy: rio das mutucas.
Caiboaté: mato alto.
Caiçara: cerca de ramos.
Caçapava: mato ralo.
Curuçu: cruz.
Caaró: erva amarga.
Caçapava: travessia no mato.
Capão: mato redondo.
Carovy: mato verde.
Carioca: kari'oka, casa do branco.
Ceará: canto de araras.
Catimbau: mato branco.
Chimbucu: nariz comprido.
Chuí: nome de origem obscura.
Caverá: mato que reluz.
Cumandahy: rio do feijão.
Curitiba: o pinheiral, lugar do pinhão.
Curumim: menino, também chamado guri.
Erechim: o campinho.
Giruá: porongo amargo.
Guanabara: saco de mar.
Guarita: lugar apertado.
Guaíba: o ingaseiral.
Guaracy: sol.
Guarany: guerreiro.
Guri: do coração.
Ibiá: a coxilha.
Ibicuá: terra de buracos.
Ibicuí: rio da areia fina.
Ibirapuera: madeira apodrecida.
Ibirocahy: rio do pau queimado.
Iby-Soroc: rasgão no solo, voçoroca, barroca, Bossoroca.
Icamaquã: rio da gruta de negros.
Igarapé: caminho d'água.
Iguatemi: rio ondulante.
Iguaçu: rio grande.
Iguariaçá: rio do vale do araçá.
Ijuhy: rio de rãs.
Inhacapetum – Rio cabeça negra.
Inhacurutum: serro da coruja.
Ipacarahy: lagoa bendita.
Ipanema: água ruim.
Ipiranga: I é água e Piranga é vermelho: rio vermelho.
Irapuá: colméia redonda.
Iraty: a abelhinha.
Itahy: arroio da pedra.
Itaipu: Ita é pedra e Pu é estrondo: pedra que chora, fonte das pedras.
Itajubá: pedra amarela.
Itaóca: casa de pedra.
Itapema: taipa de pedra.

Itapemirim: caminho de pedras pequenas.

Itapeva: pedra chata.

Itapuã: pedra de ponta, pedra redonda em pé.

Itaqui: Pedra de afiar.

Itaroquém: porta de pedra.

Itacuruby: rio do pedregulho.

Ivahy: rio feio.

Ivorá: arroio bonito.

Itaú: pedra negra.

Itu: a cachoeira.

Jacaquá: cesto furado.

Jacaré: que olha de banda.

Jacuhy: rio dos jacus.

Jaguatirica: tigre medroso.

Jaguari: rio do jaguar, rio das onças.

Japeju: o lamaçal.

Juçara: palmeira fina e alta com um miolo branco, do qual se extrai o palmito.

Maracanã: casca grossa ou papagaios que andam juntos.

Maranhão: mar pequeno.

Manuan: arroio morto, água quase parada.

Nhanduhy: rio de avestruz.

Nitheroy: saco de mar.

Paraguay: cauda de mar.

Pará: rio mar.

Paraná: mar.

Paranapanema: água sem peixe.

Parobé: lagoa salobra.

Paraty: praia calma.

Pejuçara: caminho comprido.

Pernambuco: mar com fendas, recifes. Penhasco no mar à flor d'água, mar largo.

Piauí: rio das piabas.

Pindaíba: anzol ruim, quando não se consegue pescar nada.

Piquiry: pé pequeno.

Pirapó: peixe pula-pula.

Piraju: peixe amarelo.

Pirapó: saldo de peixe, peixe que pula.

Piratinin: rio do peixe seco.

Puitan: água vermelha.

Rio Uruguai: rio galinha de rabo, neste caso, saracura.

Roraima: monte verde.

Sapyranga: olhos vermelhos.

Sapucaí: rio do galo ou rio que grita.

Sergipe: rio do siri.

Tietê: rio volumoso.

Tiririca: arrastando-se, alastrando-se, erva daninha que se alastra com rapidez.

Tocantins: bico de tucano.

Tucuruvi: gafanhoto grande.

Tuiuty: brejo branco.

Tupambaé: lavoura do comum.

Tupancy é mãe de Deus

Tupantuba: pai de Deus.

Tupy: grande pai.

Ubiratan: madeira-rocha, pau-ferro.

Uruquá: poço de galinha.

Yawara (tupi): jaguar, cão, cachorro, lobo, gato, onça.

Dicionário Guaraní. Índice (léxico) português-guarani. Versão para fins acadêmicos.